publication PN°1
Bibliothek der Provinz

Nadja Niedermair FLIEDER BLÜHT. *Roman*
herausgegeben von Richard Pils
© ISBN 3 85252 401 6 Verlag *publication PN°1* Bibliothek der Provinz
A-3970 WEITRA 02856/3794
gedruckt mit Strom aus Windkraft
von Plöchl A-4240 Freistadt

Nadja Niedermair

FLIEDER BLÜHT.

Roman

he's going to distance
she's going to speed
(cake)

für meine Tochter Gwendolin

Ich habe meinen Mann zu Tode gebissen.

Nun, wo ich den Satz niederschreibe, kommt mir die Sache auch befremdlich vor. Dabei war es doch nur eine logische Konsequenz: Daß ich ihm meine Zähne in den Hals geschlagen habe, sodaß sein Blut aus den exakten Wunden meiner Schneidezähne sprudelte. Freilich, es mußte so sein, es hätte sich nicht mehr anders entwickeln können. Die Ereignisse haben sich zugespitzt, wir waren beide dafür verantwortlich.
Wer sich nicht trennen kann, muß morden. Viktor und ich, wir haben uns gut an die hundertmal getrennt. Hat aber nie etwas gebracht. Nach ein paar Stunden, Tagen oder im besten Fall, nach einigen Wochen klebten wir wieder aneinander. Viktor hat ja genauso gelitten wie ich. Man kann es auch so sehen: Indem ich ihn umbrachte, hat er sich viele weitere quälende Jahre erspart. Mit mir.
Daß ich meinen Mann ermordete – angeblich auf bestialische Art und Weise – (das ist Ansichtssache, meiner Empfindung entspricht es nicht... es drückte kurzfristig noch einmal diese nicht faßbare Nähe aus, die es zwischen Viktor und mir unerklärlicher Weise immer noch gab) – also, daß ich Viktor ermordete, hat mir schlicht und einfach gut getan.
Nach der Tat war ich tagelang euphorisch. Ich fühlte mich leicht, unbeschwert. Diese Ehe war nur mehr ein Gewicht für mich, Ballast, der mich ständig niedergedrückt hatte. Und man kann mir ja auch nicht unterstellen, daß ich kurzen Prozeß gemacht hätte. Nein, bevor ich meinem Liebsten die Zähne in den Hals schlug, hatte ich mich jahrelang durch bittere Zeiten gebissen. Aber irgendwann reicht es. Der Punkt kam.
»Trenne dich, bevor es zu spät ist.« Dies sagte irgendjemand zu mir, irgendwann in den langen Jahren der Zermürbung. Ich habe gegrübelt, was damit gemeint sein könnte...
Heute weiß ich! Die Warnung implizierte weiter nichts, als daß ich gehen solle, bevor es zu spät ist, um die Trennung noch genießen zu können. Und genau das ist mir gelungen.

Gerade noch rechtzeitig. Der Lohn für meinen konsequenten Biß in Viktors Hals ließ nicht lange auf sich warten:

Sein Herzblut sprudelte aus seinem Hals. Dem Blut war immer schon Magie zugeschrieben, ein Zauber, der Kraft gibt. Je mehr Blut aus Viktors verendendem Körper schoß, desto kräftiger fühlte ich mich. Ich erstarkte. Und ja, ich gebe es zu, ich war stolz auf die Endgültigkeit meiner animalischen Handlung: Ich habe den Feind erlegt. Denn seit Jahren war mein Viktor mein Feind.

Das Phänomen der nicht vollzogenen Trennung... Ich kenne manche Paare, die der Haß seit Jahren zusammenkettet. Keine Liebe der Welt bindet stärker, als es Verletzungen vermögen. Nie denkt man in den Jahren einer Ehe mit solcher Inbrunst aneinander, wenn die Gedanken nur durch Zuneigung und Zärtlichkeit genährt werden. Oh nein! So leidenschaftliche Verbissenheit entsteht nur durch feindosierte Verletzungen, die ihre Wirkung über Stunden abgeben. Wie Gift.

Aber irgendwann macht der Körper schlapp, der oft nicht zu schätzen weiß, was die Seele von solcher Tortur hat. Ich laborierte ständig vor mich hin; die Kränkungen manifestierten sich in Kopfschmerzen und Ängsten, Herzrasen und Fieberanfällen. So konnte das nicht länger weitergehen.

Allein, die Trennung blieb unmöglich.

Darum, nur darum habe ich meinem Viktor den definitiven Schlußbiß versetzt. Von dem es kein Zurück mehr gab. Nicht er, nicht ich, konnten wieder schwach werden, den Entschluß zur Trennung rückgängig machen. Tot war er und damit war die leidige Sache zu Ende. Ein für allemal.

Ich saugte durch Viktors Blut Lebenskraft. Im Tod konnte ich ihn einmal noch zärtlich umarmen, denn nun war er nicht mehr mein Feind. Im Banne dieser Erkenntnis, überkam mich überwältigende Euphorie; reine, unschuldige Freude, die einige Tage angedauert hat und den Keim neuen Lebenswillens in mir gebar.

Nun ging es fürs erste einmal darum, den Alltag mit einer Leiche im Haus zu planen.

Denn ich war fest entschlossen, mein Leben ab jetzt zu genießen. Zu lange hatte ich es mir durch Viktor verpfuschen lassen: Nie wieder wollte ich das Opfer sein.

Ich schleifte Viktor in den Keller. Er war schwer, er hinterließ blutige Streifen auf den Dielenbrettern und auf den Kellerstiegen. Sein Kopf rumpelte über die Stufen. Das machte mich traurig. Nun wollte ich ihm nicht mehr weh tun. Nie mehr. Ihm Schmerzen heimzuzahlen für Schmerzen, die er mir angetan hatte, wofür? Als ich ihn endlich im Keller hatte, holte ich Decken für ihn und bettete ihn sanft zur letzten Ruhe.

Immerhin war er mein Mann. Mit mir bis in den Tod verbunden.

Gerne hätte ich ihn noch lange gestreichelt. Nun schien er so harmlos, zu keiner Quälerei mehr fähig. Durch den Tod erinnerten mich seine Gesichtszüge wieder an die Jahre, als ich ihn noch vorbehaltlos geliebt hatte. Aber ich hatte keine Zeit dafür. Ich mußte rasch handeln. Kolja, mein Sohn, war noch im Garten, jede Sekunde konnte er ins Haus zurückkommen und das Blut sehen. Also küßte ich nur schnell Viktors blutentleerte Lippen und hastete die Kellertreppe hinauf. Ich füllte viele Eimer mit kochend heißem Wasser und Unmengen von scharfem, parfümierten Putzmittel und scheuerte Dielenbretter und Kellerstiegen. Dann wusch ich gründlich meine Hände, bürstete meine Nägel, massierte Handcreme ein und parfümierte mich selbst. Ich wollte nicht den Geruch des Todes an mir tragen.

Ich legte die Brandenburgischen Konzerte ein. Räumte die Reste des Essens weg. Stellte Milch für Kakao auf. Erst dann rief ich Kolja aus dem Garten herein. Er war froh, daß er endlich wieder ins Haus durfte. Es war eine beißend kalte Weihnachtsnacht.

Kolja fragte nur nebenbei, wo denn Viktor sei. Wir hätten gestritten, erklärte ich. Und er sei in seine Wohnung gefahren. Kolja gab sich mit der Antwort zufrieden, seit Jahren war er unsere ununterbrochenen Streitereien gewöhnt. Friedlich war es, als wir den heißen Kakao tranken und die Weihnachtstorte aßen.

Ich war so ruhig. Meine Muskeln weich, gelockert, eine satte Müdigkeit trug mich weg. Ich brachte meinen Sohn ins Bett und deckte ihn liebevoll zu.

Dann ging auch ich zu Bett. Ja, ich war glücklich: Denn Viktor konnte mir ab nun nichts mehr anhaben, gleichzeitig aber war er so nahe bei mir. So nahe, da unten in meinem Keller.

Ich lernte Anna Kowalski Anfang September 1998 kennen. Es war der erste Dienstag des Monats, in meinem Terminkalender habe ich jedes Treffen mit ihr notiert. Am Morgen dieses 4. Septembers drang warmes Sonnenlicht durch das Küchenfenster unserer Wohnung und wärmte ein rautenförmiges Stück des Fußbodens, dieses Stück unseres Küchenbodens, auf dem Paulas Füße standen. Sie lehnte am Herd, dem Zimmer zugewandt, zwischen den Händen hielt sie die Tasse mit Kaffee. Ihre Füße, dort unten, mitten im Sonnenquadrat, standen überkreuzt.

Ich sah Paula nicht ins Gesicht, während ich selbst lustlos in meinem Kaffee rührte. Ich saß ein paar Meter entfernt von ihr an dem winzigen Küchentisch; allein schon die räumliche Distanz schien mir ein Symbol für das, was mit Paula und mir in den letzten Wochen passiert war. Aber aus dem Winkel meiner Augen nahm ich jede winzige Bewegung, jede Veränderung in der Haltung ihrer Füße wahr; ich fixierte sie, vielleicht weil ich hoffte, daß mir die Haltung, die Art der Bewegung ihrer – doch so vertrauten – Beine Aufschluß darüber geben konnte, was in Paula vor sich ging.

Seit drei Wochen war ich mir da nicht mehr sicher. Absolut nicht mehr sicher. Und diese drei Wochen erschienen mir endlos lang. Es war mir, als wären Jahre vergangen, seit Paula diesen einen Satz zu mir sagte, diesen Satz, der in mein Leben hineingefahren war, wie ein heißes Messer in einen Klumpen Fett. »Ich habe einen Liebhaber«, sagte sie und sagte das so nebenbei, in einem so belanglosen Ton, daß ich Minuten brauchte, um zu begreifen, daß Paula nicht aus einem Buch zitierte, sondern daß der Satz mit ihr und mir zu tun hatte.

Eine kurze, resolute Drehung ihrer Füße: Eine Ferse, die von mir aus gesehen linke, stand nun außerhalb des Sonnenvierkreuzes. Ich erwischte mich dabei, wie sich meine Augen hinaufstahlen, mein Blick sich kurz an den Saum ihrer Boxershorts hefteten; ein cremefarbenes Stück Stoff, und darunter ihre vom Sommer noch gebräunten Beine. Ich haßte mich für die verstohlene Neugierde in meinem Blick. Wieder marterten mich diese argwöhnischen, ungebetenen Gedanken. Ob dieser Theo…, ob sie diesem verdammten Theo tatsächlich das Recht gab, ihr das cremefarbene Stück Stoff von der gebräunten Haut zu streifen… Ich stellte meine Kaffeetasse auf den Tisch, ein wenig zu fest, voll Zorn auf mich selbst. Paulas Füße machten eine grazile Drehung um 180 Grad, nun stand sie mit dem Rücken zu mir, spülte ihre Tasse kurz aus, dann verließ sie die Küche. Mit der gleichen Wortlosigkeit, die seit drei Wochen zwischen uns stand.

Ein Satz hatte mein Leben verändert. Ein einziger Satz war imstande, mein Leben zu beherrschen. Nichts weiter als ein paar Worte, die für mich bisher ihren Platz nur in oberflächlichen Boulevardkomödien gehabt hatten. Vier lächerliche Worte…

War Paula die Billigkeit ihrer Formulierung nicht selbst bewußt? War ihr die Abgeschmacktheit ihrer Worte nicht peinlich? Seit drei Wochen konnte ich meine Frau nicht mehr einschätzen; sie war mir nicht fremd geworden. Aber, da sie ihre Gefühle vor mir verbarg, mußte ich den, durch ihre Wortlosigkeit zwischen uns entstehenden Raum, füllen. Ich füllte ihn: mit quälenden Interpretationen.

Paula rief mir vom Flur noch zu, daß sie jetzt gehe. Und daß ich am Abend nicht auf sie warten solle… Ich zwang mich, aufzustehen, meine Tasse in das Becken der Abwasch zu stellen, das Küchenfenster zu schließen. Holte die Aktentasche aus meinem Arbeitszimmer, zog den Mantel an. Ein Schuhband riß. Ich fluchte.

Ich hatte mich perfekt verhalten, nachdem mir Paula diesen einen Satz so emotionslos dargeboten hatte. Darauf bin ich stolz. Nur für ein, zwei Sekunden verlor ich die Kontrolle und es schäumte eine heiße Woge hoch, die mich zu überfluten drohte. Sie kam ungefiltert direkt aus meinem Bauch, wallte hoch und war verantwortlich für die einzig peinliche Reaktion, die ich mir seit damals zu Schulden kommen ließ. »Wie heißt er…?« schoß es aus mir heraus. Rückblickend schäme ich mich für meine Frage, für diese ein, zwei Sekunden, die nicht von meinem Verstand zensuriert waren. Als wenn ein

Name von Bedeutung wäre... Theo, antwortete Paula. In der gleichen belanglosen Weise, wie sie mir den Wochentag, die Höhe eines Kassenbeleges, die Beilage zum Abendessen hätte mitteilen können.

Seit dieser Minute lebte Theo, dieser verdammte Theo in meinem Schädel. Er hatte mich in Besitz genommen, weil er Paula in Besitz...

Ich fädelte ungeschickt und hektisch ein neues Schuhband ein. Ich mußte mich beeilen, in einer Stunde kam meine erste Klientin an diesem Tag. Gestern abend noch hatte ich den Akt der Anna Kowalski überflogen: Ein makaberer Fall, der mich jedoch im Vorhinein faszinierte.

Ich bin Psychiater und Therapeut. Neben meiner Privatpraxis arbeite ich zwei Tage pro Woche im Untersuchungsgefängnis. Offiziell bin ich zuständig für die psychische Betreuung der Untersuchungshäftlinge; in Wahrheit jedoch besteht meine Arbeit hauptsächlich aus der Anfertigung von Gutachten, die dann einen Teil – einen in der Öffentlichkeit nicht sehr angesehenen Teil – der Anklage und der Verteidigung darstellen. Es bleibt zu wenig Zeit für ernsthafte Arbeit mit den Klienten, zu wenige Stunden werden vom Staat bewilligt, der sich in dieser einen Hinsicht auf einen sparsamen Umgang mit Steuergeldern verpflichtet fühlt. Für Anna Kowalski jedoch waren überraschender Weise vierzig Stunden genehmigt worden. Diese ungewöhnlich hohe Anzahl bezeugte, daß der Fall der Kowalski bereits einige Brisanz in der Öffentlichkeit hatte: Denn die grauenhafte Faszination ihrer Tat hatte einen ziemlichen Medienrummel verursacht. Wochenlang war Anna Kowalski für eine Schlagzeile auf der ersten Seite der Boulevardpresse gut.

Ich zwängte meinen Wagen durch den Morgenstau. Wie täglich schwor ich mir auch heute, auf öffentliche Verkehrsmittel umzusteigen. Eingekeilt in eine kreuz- und querstehende, stinkende, voll ungeduldigem Zorn vibrierende Blechschlange ertappte ich mich dabei, daß ich darüber sinnierte, welches Auto dieser Theo besäße. Vielleicht hatte er ja auch nur ein Fahrrad... Ein Germanistikstudent, zwischen den

Eisenstäben des Gepäckträgers eingeklemmt die wunderbaren zeitgenössischen Werken der Deutschen Literatur... Ich manövrierte meinen Wagen einen halben Meter nach rechts, sodaß ich einem Radfahrer, der sich eben dort an meinem Auto vorbeidrängen wollte, den Weg absperrte. Ich ignorierte seine Flüche gegen mich, meine kurzfristige Macht tat mir gut. Nach ein paar Minuten kam ich mir blöd vor und ließ ihn vorbei. Vielleicht hatte dieser Theo ja gar kein Fahrrad. Vielleicht fuhr er einen Porsche Boxster... Was weiß ich, womit sich Germanistikstudenten durch den Verkehr bewegen.

Aber vielleicht war dieser Theo ja gar kein Student...

Obwohl, da war ich mir ziemlich sicher. Wo sonst hätte Paula einen Liebhaber aufgabeln sollen? Immerhin ist sie Dozentin für Germanistik und sie wird vierzig im kommenden Frühjahr.

Ich sollte mehr Verständnis für sie aufbringen...

Verdammt, ich habe sehr viel Verständnis aufgebracht! Nicht einen einzigen Vorwurf machte ich ihr bisher; im Gegenteil: Dreimal habe ich ihr ein ruhiges Gespräch angeboten, um diese Sache aus der Welt zu schaffen. Paula aber hat mich mit einer Eindeutigkeit abgewiesen, die ich im besten Fall höchstens als höhnisch bezeichnen kann. »Schon wieder reden«, hatte sie aufgelacht und mir damit jeglichen Boden unter den Füßen entzogen. Auf meinen Vorschlag, eine Therapie zu beginnen, hatte sie nur mit – für sie ungewöhnlich verächtlichem – Sarkasmus reagiert: »Was gibt es dir, zu analysieren, wie und wann und warum ich mich von einem anderen ficken lasse...«

Was wollte sie von mir? Daß ich mich mit Theo, dem göttlichen Vögelhengst, duellierte? Daß ich sie besser, öfter, anders fickte, als bisher? Ich habe unser Sexualleben als ausgesprochen befriedigend erlebt; Paula und ich schliefen oft und – so dachte ich zumindest bis vor drei Wochen, daß es auch für sie so sei – gerne miteinander. Zumindest aber hatte sie nie davon gesprochen, daß ihr in dieser Hinsicht etwas fehlen würde.

Ich malträtierte meine Hupe. Eine Ahnung von Klaustrophobie stieg hoch in mir, so hilflos eingequetscht zwischen den verkeilten Autos. Der Fahrer neben mir reckte mir im Bewußtsein des absoluten Rechtes seinen Mittelfinger entgegen. Ich grüßte ihn mit der gleichen Geste. In Wahrheit galt sie Paula. Nein, diesem Theo...

Denn ich liebe Paula. Ich würde alles tun, um sie nicht zu verlieren. Nur, verdammt, ich weiß nicht, was ich tun soll... Was sie von mir erwartet...

Ich sollte mich auf diese Anna Kowalski konzentrieren. Wenigstens für die nächsten Stunden Paula aus meinem Hirn verbannen.

Das wenige, das ich gestern, beim Durchblättern, dem Akt Kowalski entnehmen konnte, war seltsam, bestürzend. Auch in der Psychiatrie verliert das Grauen nicht seine Faszination. Eine Frau, gute soziale Schicht, die ihren Mann zu Tode gebissen hat... Dann seine Leiche in den Keller schleifte. Und mit dieser Leiche nahezu ein halbes Jahr im Haus lebte.

Kurz hielt ich mein Auto in zweiter Spur und hastete in eine Bäckerei. Kaufte mir zwei Croissants und wappnete mich gegen das Hupen, das mir galt und mit dem sich die vom Stau aufgereizten Gemüter abkühlten, als ich wieder in meinen Wagen sprang. Ich reihte mich ein und aß das erste heiße Croissant. Bröselte auf meine Hose und kurbelte entnervt das Fenster herunter, da die Morgensonne – welche Vergeudung für einen Arbeitstag – bereits den Wagen aufheizte.

...Anna Kowalski. Ich weiß nicht mehr, welches Bild ich mir von ihr imaginierte. Nein, kein Monster. Das nicht. Solche Vorstellungen verlernt man in den vierzehn Jahren, in denen ich meinen Beruf bereits ausübte. Man lernt, wenn auch gegen innere Widerstände, daß der Mann, der sieben Frauen vergewaltigt und anschließend zerstückelt hat, irgendwo in sich noch ein unzerstörtes Wesen trägt, das den Begriff Zuneigung, wenn auch verschoben, noch ahnt. Man lernt, daß sogenannte Bestien unverdorbene Hoffnungen und Sehnsüchte kennen, was man nicht wahrhaben will, weil das Schwarz-Weiß-Bild eines Menschen einordenbar ist. Weil es leichter ist, definieren, schablonisieren, kategorisieren zu können:

Hell, dunkel, gut, böse. Und man das Schlechte hassen will, um nicht selbst verrückt zu werden, weil man klare Kodexe braucht, um selbst gesund zu bleiben.

Aber, so läuft es nur in den seltensten Fällen.

Ich schlang mein zweites Croissant hinunter und dachte an eine Frau, die ihren Mann zu Tode gebissen hat. Was weiß ich, was ich mir unter ihr vorstellte. Ich kann mich nicht mehr erinnern, aber erinnern kann ich mich, daß mich ihr Mund an diesem Altweibersommermorgen beschäftigte. Ich sah kein imaginiertes Bild von ihr, ich sah nur ihren Mund. Als ich zwölf, dreizehn war, in jener Phase, in der einen fast ausschließlich sexuelle Phantasien durch die Tage treiben, starrte ich immerzu Frauen auf die Lippen. Und fragte mich mit entzücktem Schauern, ob und wie oft diese Lippen einen Schwanz geblasen hätten: eine Vorstellung, verboten und lustvoll.

So ging es mir an diesem Morgen mit Anna Kowalskis Mund. Als ich den Wagen vor dem Untersuchungsgefängnis einparkte, mahnte ich mich selbst, ihr nicht auf die Lippen zu starren. Nicht, daß ich mir das hätte verübeln wollen – man sieht ja ausgesprochen selten Lippen, die jemanden zu Tode gebissen haben – aber es hätte wohl meinen Zugang zu dieser Anna Kowalski von Anfang an blockiert. Ach ja, wenn ich das Wort »blockiert« niederschreibe, fällt mir noch eine weitere präjudizierte Einstellung zu dieser Frau ein: Daß sie sich mir gegenüber blockiert, abwehrend verhalten würde.

Ich tauschte das Sonnenlicht gegen die funzelige Trübe des Anstaltskorridors. Hätte ich neben diesem Job nicht zusätzlich eine Privatpraxis, so wäre ich vielleicht bereits ein Teil der Statistik, die für Psychiater und Therapeuten eine traurig hohe Suizidquote aufweist. Zumindest mein winziges Zimmer, in dem ich mit meinen Klienten arbeite, hatte man etwas humaner auszustatten versucht. Der gute Wille aber war am schlechten Geschmack gescheitert.

Ich warf meine Aktentasche auf den Schreibtisch und öffnete das Fenster, das den Blick auf den Innenhof des Untersuchungsgefängnisses freigab. Grauer, abblätternder Verputz, Eisengitter vor den zahlreichen Fenstern, die wie Zahnlücken aus der Wand glotzten. Und dieser Hof hielt eine einzige, kümmerliche Linde gefangen. Ein rachitischer Baum, dessen verkrüppelte Äste gerade noch bis zum Fenster meines Arbeitszimmers im dritten Stock heraufragten. Ich setzte mich. Öffnete nochmals den Akt der Anna Kowalski.

33 Jahre. Sie wohnte in einem Einfamilienhaus in Klosterneuburg bei Wien. Beruf: Journalistin. Ein Sohn, vierzehn Jahre. Sein Name: Kolja Kowalski. Lebte zu diesem Zeitpunkt in den USA. War aber nicht der Sohn des ermordeten Ehemannes. Der Ermordete hieß Viktor, war 34 Jahre alt. Datum des Mordes: 24. Dezember des Vorjahres.

Der Weihnachtsabend.

Am letzten Weihnachtsabend gab es in meinem Leben noch keinen Theo. Wahrscheinlich hieß er in Wahrheit Theobald... Ach Paula, wo hast du nur dein Hirn gelassen. Andererseits, zum Vögeln ist ja Hirn wirklich nicht von Nöten. Hoffentlich lenkt mich diese Anna Kowalski mit ihrem blutrünstigen Gattenmord ab... Noch fünf Minuten bis zum vereinbarten Termin. Wie üblich würde das Aufsichtspersonal sie bis vor meine Türe bringen. Ohne Aufsicht läßt man die Untersuchungshäftlinge hier nicht einmal allein aufs nächste Klo.

Ich beschloß mir Kaffee zu machen. Traktierte die verrostete Maschine und verschüttete Kaffeepulver auf der Arbeitsplatte. Wartete auf das Schnauben und Zischen des verkalkten, altersschwachen Monsters. Starrte auf den traurigen Baum vor meinem Fenster und identifizierte mich in einem Anflug von Selbstmitleid mit dem eingedorrten Grünzeug. Beschloß wenigstens für die kommenden Stunden Paula mit ihrem Theo aus meinem Hirn zu verbannen und kippte den Kaffee in eine Tasse.

Dünn. Bitter. Ungenießbar.

Es klopfte. Ich kam nicht zu einem therapeutisch-aufmunternden »Herein«. Die Tür wurde aufgerissen.

Anna Kowalski stand in meinem Zimmer.

»Zimmer mit Grünblick«, sagte sie und blickte von der verkümmerten Linde auf mich, den bekümmerten Therapeuten. Ich stellte mich vor, schüttelte ihre Hand. Ging in die Knie. So stellte ich mir Schwarzeneggers Händedruck als Terminator vor. »Verzeihung.« Sie lächelte.

»Kein Problem«, antwortete ich, und das nicht nur, weil Anna Kowalski schön war. Ihr Eisengriff hatte mich wenigstens kurzfristig von Paula und ihrem Vögelhengst abgelenkt.

Wäre ich einige Jahre und Erfahrungen jünger, hätte ich mir mit Anna Kowalskis Eintreten in mein Zimmer in einer tausendstel Sekunde ein neues Leben imaginiert. Mit dieser Frau an meiner Seite. Ich, ihr Retter in der Not, sie ewig dankbar, ich der Nutznießer ihrer Schönheit, sie... Leider aber wußte ich, daß es bei dem glorreichen Bild nicht um die Kowalski ging. Sondern um Paula und...

Ich bat Anna Platz zu nehmen und bot ihr Kaffee an. Haspelte etwas von bitter und ungenießbar und goß die braunschwarze Brühe daneben. Faselte Wörter wie »ungeschickt« und stellte die Tasse auf den Beistelltisch neben ihren Sessel. Setzte mich hinter meinen Schreibtisch und während sie in ihrem Kaffee rührte, fand ich die Gelegenheit, sie genauer zu betrachten.

Sie war tatsächlich schön. Nicht bloß hübsch, sondern schön. Ein ebenmäßiges Gesicht, klassisch. Große, bernsteinfarbene Augen. Ausgeprägte Lider, solche, die von Natur aus tragisch wirken. Dramatisch. Blondes, volles Haar. Ein gedämpftes Blond. Es erinnerte an Ahornsirup, nein, der war zu dunkel. Ach was, sie war nicht groß, aber sie füllte den Raum mit ihrer Präsenz. Selbst ihr Alter schien nicht von Bedeutung. Sie war sehr stark sie selbst, auch wenn das ein ungenügender Ausdruck sein mag. Vielleicht war sie mehr Persönlichkeit als Person, ihre Charismatik war kaum in den Details ihrer Gesichtszüge, in der Art ihrer Bewegungen, ihrer Gestik oder Mimik zu suchen.

Sie trank einen Schluck aus der Tasse. »Scheußlich«, stellte sie klar. Dann zog sie ein zerknülltes Päckchen Smart aus der

Tasche. Gerade als ich ihr erklären wollte, daß in meinen Arbeitsräumen wegen anderer Klienten striktes Rauchverbot herrschte, stieß sie mir die ersten Rauchschwaden entgegen.

Ich stand auf und holte ihr eine Untertasse als Aschenbecher. Sie rauchte, wie ich es bei den meisten Untersuchungshäftlingen beobachtet hatte. So, als ob sie sich für die nächsten zehn Tage mit Nikotin vollpumpen müsse. Der Vorsorgeinstinkt der Süchtigen. Der Filter klebte an ihren Lippen. Das also waren die Lippen der Anna Kowalski.

»Irritiert Sie mein Bild?« fragte sie mich. Lächelte, aber nur mit den Augen: Ihr Mund war hinlänglich mit dem Rauchen beschäftigt.

»Welches Bild?«

»Nun, wie ich mit diesem Mund...«, sie spitzte ihre Lippen, schien amüsiert von dem koketten Anflug und schob den Filter wieder in den Mund, »...wie ich mit diesen Lippen meinen Mann zu Tode gebissen habe?«

»...Ja. Ja, diese Vorstellung irritiert mich.« Ich hatte die Kowalski eingeschätzt. Etwas anderes als die Wahrheit hätte sie nicht durchgehen lassen. Ein Drumherumreden hätte mir drei oder vier Therapiestunden gekostet, nur um sie zu überzeugen, daß ich ihr gewachsen war. Ihre Antwort bestätigte meine Einschätzung.

»Ich hoffe, Sie sind intelligent. Dann sehe ich kein Problem, daß wir zusammenarbeiten.« Sie sagte das leichthin, kniff dabei ihre Augen zusammen und fixierte mich durch die Rauchwolken. Gleichzeitig aber wischte sie mit einem winzigen Lächeln jeden Verdacht auf Arroganz weg. Sie war auf einen Schlagabtausch aus. Immerhin amüsanter als ein schweigendes Abwehrverhalten.

Ihre Kampfansage zeigte mir, daß sie Therapieerfahrung hatte. Aber auch eine Illusion: Daß sie während der Untersuchungshaft die Wahl auf einen anderen Therapeuten hätte. Ich wollte sie ihr nicht nehmen.

»Wir sollten mit den Tests beginnen«, stellte ich klar.

»Von mir aus. Testen Sie, was Sie wollen. Aber Sie werden diesen Faktor nicht finden.«

»Welchen Faktor?«

Die Kowalski rauchte plötzlich laut. »Na, Sie wissen schon... der, der dazu führt, daß eine Frau einem Mann – ihrem Mann – vampirartig das Blut aussaugt.« Sie brannte sich am glühenden Ende ihres Zigarettenstummels eine weitere an. »Das, was ich getan habe, ist, auch wenn es für Sie unwahrscheinlich klingen mag, der einzig folgerichtige Schritt für Viktor und meine Ehe gewesen. Und der einzig ethische.«

Ich sah mich selbst, wie ich Paulas Nase abbiß. Ein ethischer, folgerichtiger Schritt. Sehr gut, so konnte ich Paula endlich stellvertretend für Theo, diesen Schweinehund, kastrieren.

»Ethisch?« fragte ich und versuchte wertfrei zu klingen. Hoffte von ihr auf die moralische Argumentation einer solch wohltuend-animalischen Handlung. Sollte sie mir diese Ethik gut verkaufen, würde mich hier nichts länger halten. Auf der Stelle würde ich Paula, nein, besser und effizienter gleich diesem Theo, etwas abbeißen. Das abbeißen, was er meiner Paula unbefugter Weise hineinsteckte.

»Ja, ethisch... Jede Handlung, die einem anderen Qualen erspart, ist ethisch.« Da hast du es, Paula... Komm, sei stummer Zaungast meiner Sitzungen.

»Aber immerhin haben Sie Ihrem Mann das Leben genommen.«

»Was hat er denn noch davon gehabt?« Sie fragte das träge und gelangweilt.

»Wenn ich Sie recht verstehe, haben Sie Ihren Mann also aus altruistischen Gründen erbissen?«

»Erbissen ist hübsch.« Anna lächelte und verlor sich mit den Augen in der kümmerlichen Linde. »Es gibt eigentlich keine ethische Handlung ohne egoistisches Motiv. Das sollten doch Sie am besten wissen, Sie berufsmäßiger Wohltäter.«

»Worin lag Ihr egoistisches Motiv?«

»Worin jedes egoistische Motiv wurzelt. In meinem Wohlbefinden. Sagen Sie, was bezwecken Sie eigentlich mit dem
Kreuzverhör?«

»Frau Kowalski«, sagte ich und schaute ihr direkt in die
Augen – sie hielt meinem Blick stand, solange bis ich meine
Augen senkte – »unser Gespräch ist für mich kein Kreuzverhör. Aber vielleicht bestimmen Sie selbst, worüber Sie sprechen wollen.« Anna Kowalski stand auf. Sie war klein,
schlank, fragil. An diesem ersten Tag trug sie ein dunkelblau-
es Kleid mit einem schmalen Gürtel aus demselben Stoff. Das
Kleid sah teuer aus, aber in seiner Schlichtheit durchaus pas-
send für einen Aufenthalt in Untersuchungshaft. Allerdings
höhte sie mit ihrer Erscheinung die Anstalt zum Foyer eines
Fünf-Sterne-Hotels.

Sie stellte sich hinter ihren Sessel und hielt sich an der
Lehne fest. Beugte sich zu mir. Jetzt lächelte sie nicht.

»Wenn es nach mir geht, spreche ich über gar nichts. Nicht
mit Ihnen, nicht mit irgend jemandem in diesem Haus. Was
aber nicht klug von mir wäre, Herr Doktor.« Sie wartete auf
einen Einwand und als keiner kam, setzte sie sich wieder mit
einem federleichten Hüftschwung und kippte die Neige ihres
Kaffees. Das Knistern von Papier kündigte die nächste
Zigarette an.

»Warum wäre das nicht klug, Frau Kowalski?«

»Weil ich etwas von Ihnen will, Dr. Jost... Bringen Sie
mich nach Hause. Ich will heim. Schreiben Sie Ihr Gutachten
über mich. Aber schreiben Sie es so, daß mein Strafverteidiger
damit etwas anfangen kann. Ich muß nach Hause. Bald.«

Es waren die ersten Worte der Anna Kowalski, die nicht
durch einen Filter der rationalen Zensur kamen. Die auch von
mir eine ungefilterte Aussage erforderten: Die Wahrheit.

»Sie wissen, daß ich das nicht kann. Nicht, weil ich nicht
will – selbst wenn ich wollte, wäre es unmöglich – sondern,
weil ich nicht für die Gesetze zuständig bin. Ich bin Arzt.
Psychiater. Therapeut. Von mir wird hier verlangt, daß ich
Ihren psychischen Zustand zur Tatzeit beurteile. Eventuell

noch Ihren derzeitigen. Was Ihr Strafverteidiger mit meinem Gutachten macht, liegt nicht in meinem Ermessen.«

»Sie lügen!« Ihre Augen Kinderaugen, die lieber eine Lüge hören wollten, als eine Desillusionierung ihrer Hoffnungen. Ich merkte, daß sie gegen Tränen ankämpfte. Sie hatte sich bis jetzt gehalten, hatte ihren Part in einem Schauspiel übernommen, von dem sie glaubte, daß es etwas nützen könnte. Gegen ihr rationales Wissen. Keiner hört je auf, an den lieben Gott zu glauben. Anna Kowalski nahm gerade zur Kenntnis, daß ich mit Sicherheit nicht ihr lieber Gott war.

»Frau Kowalski, ich kenne Ihren Fall nicht aus juristischer Sicht. Aber wie immer man über Sie urteilen wird, was immer Ihnen durch dieses Urteil für die nächsten Jahre bevorsteht: Ganz unrecht haben Sie nicht. Es wird auch auf meiner Einschätzung Ihrer psychischen Verfassung beruhen. Uns steht eine gewisse Stundenanzahl zu. Ich werde Sie während dieser Gespräche kennenlernen, werde aus Ihren Worten Mosaik um Mosaik zusammensetzen. Tatsächlich weiß ich bis jetzt noch gar nichts. Nichts über Sie, nichts über Ihre Ehe. Sie können mir am besten helfen, das Bild einer Wahrheit, die Ihnen hilft, zu entwerfen. Was immer die Justiz damit macht, liegt nicht in meinem Machtbereich. ...Eines aber kann ich mit Sicherheit sagen: Sie ist durchaus feinhörig. Auch die, die Recht sprechen, spüren, ob sich die Gutachten anbiedern, um zu gefallen, oder ob sie der Wahrheit entsprechen. Nun, wir haben eine gewisses Potential an Zeit für die Findung dieser Wahrheit. Wir sollten es nicht vergeuden. ...Anna, fangen wir an. Erzählen Sie mir über Ihre Ehe mit Ihrem Mann. Über sich. Über Viktor.«

Anna seufzte. Sie fixierte mich. Kalt. Massierte ihre Hände. Fixierte mich eine ganze lange Pause. Zog eine weitere Zigarette aus der Packung und klopfte deren Filter auf die Tischplatte.

»Nein, Dr. Jost, das kann ich nicht.« Sie steckte die Zigarette wieder zurück und starrte auf den Baum, der sich Linde nannte. »Ich kann nicht noch einmal von vorne beginnen.

Was auch immer es an dieser Ehe zum Aufarbeiten – so heißt es doch in Ihrem Jargon, oder nicht? – gibt, das habe ich bereits hinter mir.«

»Sie wissen, wie es dazu kommen konnte?« Was für eine blöde Frage von mir. Wußte ich wirklich, wie es mit Paula dazu kommen konnte?

Anna Kowalski lachte abrupt auf. »Und ob ich es weiß! Die ganze Ehe bestand ja nur aus Aufarbeiten. Beziehungsarbeit. Ist das nicht wieder eines Ihrer gelungenen Wortkonstrukte? ...Abgesehen davon hatte ich genug Zeit, nachzudenken.«

»Sie meinen die Monate, in denen Viktor, ich meine, in denen er bereits tot war...?«

»Ja.«

»Dann sprechen Sie darüber, Anna.«

»Sie kennen doch die Fakten. Außerdem können Sie mir nicht weismachen, daß Sie nichts darüber in den Schmierblättern gelesen hätten. Sie haben doch bereits Ihr fertiges Bild von mir, oder nicht?« Die Kowalski hatte recht. Aber nur damit, daß ich in der Presse mehr als einmal über den Fall gelesen hatte.

»Haben Sie selbst ein fertiges Bild von sich?« fragte ich leichthin.

»Dr. Jost, Sie waren sicher der Oberstreber bei Ihrer Ausbildung. Schaffen Sie es auch, ohne solche Klischees mit mir zu sprechen?«

»Anna, es interessiert mich, welches Bild Sie nach dieser Sache von sich haben.«

Ihre Schultern zogen sich hoch. Versuchten, ihren Kopf zu schützen. Eine Hand am Ausschnitt des Kleides. Muskeln arbeiteten in ihrem Gesicht. Ein, zwei Sekunden, dann hatte sie wieder die Kontrolle.

»Was verstehen Sie schon von meiner Situation? ...Wieviel Zeit bleibt uns noch?« Ich blickte auf den kleinen Reisewecker, zog fünf Minuten ab, da er immer vorging. Paula hatte ihn mir geschenkt, alle ihre Uhren gingen vor. Meine Frau hatte ein Tempo, bei dem ich nicht Schritt halten konnte.

»Zwölf Minuten«, sagte ich und holte mich wieder zu Anna Kowalski zurück.

»Gut. Also, wie Sie so schön sagen, in meinem eigenen Interesse: Fangen wir an. Ich erzähle Ihnen fürs erste nur die Fakten. Unterbrechen Sie mich nicht...«, sie lachte hart auf, »es würde mich zu sehr an die Verhöre erinnern.«

Sie schob ihren Stuhl einen Meter nach hinten und drehte ihn zum Fenster. Ihre linke Hand lag auf der Schreibtischplatte, eine überraschend große Hand mit starken Adern, die Haut zu beiden Seiten des Daumennagels blutig gebissen.

»Ich habe Viktor ermordet. Ich spreche jetzt nicht darüber, warum und wie ich es tat. Ich spreche heute überhaupt nicht über meine Ehe mit Viktor. ...Nur über die Zeit danach. Für heute. Gut, ich habe Viktor also am Weihnachtsabend umgebracht. Das war richtig so, das Weshalb gehört woanders hin. Der Rest dieser Nacht hat sich ergeben. Hat sich aus den Umständen ergeben. Tatsächlich habe ich etwas für mich Notwendiges mit meiner Tat erledigt; es war, als hätte ich eine Aufgabe, eine dringend anstehende Sache endlich hinter mich gebracht. Ich fühlte mich in dieser Nacht aufgeräumt, ich war stolz, so unwiderruflich gehandelt zu haben. Ich schlief fest, tief, traumlos nach der Tat. In der Früh, am ersten Weihnachtsfeiertag, wachte ich mit einem undefinierbaren Wohlgefühl auf. Langsam sickerte, was ich getan hatte, in mein Bewußtsein. ...auch wenn es mir schadet, Dr. Jost, ein sattes, ein fast seliges Gefühl war das – da, aus meinem Bauch. ...könnte ich ein Glas Wasser haben?«

»Natürlich.« Ich stand auf und drehte den Wasserhahn auf. Ließ den Strahl einige Zeit rinnen, füllte das Glas, stellte es vor sie hin. Sie trank hastig, blickte aber nur immer zum Fenster hinaus. Ich unterbrach ihr Schweigen nicht, mir war bewußt, daß ihr ihre Worte Kraft kosteten.

»Tatsächlich genoß ich dieses friedvolle, satte Gefühl noch eine Zeit lang im Bett. Ich versuchte zu masturbieren. Gab es aber gleich auf. Ich war zu ruhig, zu entspannt. Diese wunschlose Trägheit hatte ich seit Jahren nicht mehr empfunden. Endlich stand ich auf, zog den Vorhang zurück. Der Föhnsturm war abgeflaut über Nacht, eine zarte, weiche Schicht Schnee lag auf dem Sims vor meinem Fenster. Ich öffnete es und versuchte den Schnee in meine Hand zu pressen. Es ging nicht, er war zu frisch. Aber er fühlte sich gut an, unschuldig.

Ich machte Frühstück. Rief Kolja. Wir alberten herum. Eine Stunde, zwei vielleicht. Dazwischen fiel mir immer wieder ein, daß mir heute kein Anruf, kein Besuch, nichts von Viktor bevorstand. Das machte mich jedesmal leicht, ich lachte viel an diesem Morgen. Kolja schien darüber verwundert, dieses schwerelose Lachen kannte er kaum an mir. Später räumte ich das Haus auf, machte die Betten, lüftete. Kolja ging am frühen Nachmittag zu einem Freund.

Das, was ich tat, als mein Sohn das Haus verließ, scheint mir selbst eigenartig. Ich zog eine Jacke über – in meinem Keller ist es kalt – und stieg die Stufen hinunter. Ein Besuch bei meinem Mann. Ich zog ihm die Decke vom Gesicht.

Aber das war nicht mehr Viktor. Nicht, daß er wirklich verändert gewesen wäre. Nein, das nicht. Blutleer, ja das schon. Aber diese Maske war nicht friedlich, entschlummert oder so ein Quatsch. Unter der grünlichen Haut, die sich neben den Nasenflügeln nach innen zog, war kein Viktor mehr. Es lag auch nicht daran, daß sein Mund nur mehr eine schmale Kerbe schien, daß seine Augenhöhlen riesig wirkten; die Augäpfel waren übrigens verdreht, der linke starrte nach rechts, der rechte nach links – so, als wollten sie sich gegenseitig suchen – nein, aber daran lag es nicht...

Viktor hatte sich schlicht und einfach davon gemacht. Das hier war nur mehr Viktors Hülle, und selbst diese sagte mir nichts. So anders war ihr Zustand als zu seinen Lebzeiten.

Ich wußte, daß ich ihn in meinem Keller nicht mehr besuchen mußte. Da unten lag nicht das, was ich an Viktor geliebt hatte. Wenn sich Viktor noch bei mir befand, dann in den

Dingen, die er berührt hatte am gestrigen Abend: Sein Rotweinglas, das noch unabgewaschen in der Küche stand; den Abdruck seiner Lippen sah man noch, wenn man das Glas gegen das Licht hielt. Viktors Haare in seiner Bürste. Sein Feuerzeug, die angebrochene Packung seiner Zigaretten... Aber das hier war nur mehr sein Leichnam. Freigegeben für die Zersetzung.

Ja, das dachte ich, als ich die Decke wieder sanft über sein Gesicht schlug. Ich kann mich deshalb so genau daran erinnern, weil bei dem Wort ›Zersetzung‹ eine Alarmglocke in meinem Hirn aufschrillte. Staub zu Staub klingt trocken, sauber. In Wahrheit aber geht der Zerfall, die Rückkehr einen feuchten Weg, einen Weg des Gestankes. Ich habe das in einem Pathologiebuch nachgelesen: Der Körper beginnt zu gären... Doch davon später, Dr. Jost, alles zu seiner Zeit... Wieviele Minuten bleiben uns noch?«

»Fünf«, sagte ich. Zu kurz für ihre Worte.

Anna Kowalski nahm wieder einen Schluck Wasser. Ihr Gesicht verriet nichts über ihre Gefühle und ihre Augen waren nur auf den Baum vor dem Fenster gerichtet. Ein grauer Hof mit vergitterten Fenstern, ein toter Rahmen für die verkrümmten Äste der Linde, darüber ein Stück Himmel. Aber ein so goldenes Licht. Altweibersommerlicht.

»Also, bei mir schrillten die Alarmglocken. Doch ich beruhigte mich. Noch war Winter. Nach Wochen war es heute zum ersten Mal bitterkalt. Diese Kälte würde Viktors Fleisch gefrieren, konservieren, sodaß nicht der süßliche Duft der Verwesung in meine Wohnräume dringen konnte. Stellen Sie sich den Duft der Verwesung auch süßlich vor, Dr. Jost? ...Das stimmt aber nicht, das weiß ich, seit es später im Frühjahr warm wurde.« Anna stand auf, ihr Körper angespannt vor lauter angestrengter Gelassenheit. Sie trat zum Fenster. Ihre Arme waren seitlich an den Körper gepreßt. Abrupt drehte sie sich zu mir. Blieb vor dem geöffneten Fenster stehen, das Sonnenlicht fing sich in ihrem Haar. »Ich verließ Viktor. Einigermaßen beruhigt. Wegen der Kälte. Ich stieg wieder die Stufen hinauf, zog meine Jacke aus. Dann machte ich mir Tee. Holte

Papier. Spitzte einige Bleistifte. Ich tat das alles wie ferngesteuert. Setzte mich an den Tisch und begann zu schreiben.«

Lange sagte sie nichts, ich auch nicht. Ich spürte, daß sie noch nicht fertig war. Daß sie mit ihren Worten bisher nur das Fundament gebaut hatte für die Sätze, die jetzt folgen würden. Warten ist mein Beruf. Endlich sprach die Kowalski weiter.

»Sie wollen doch sicher wissen, was ich schrieb, nicht wahr, Dr. Jost?« Die Überlegenheit in ihrer Stimme täuschte mich nicht. Denn sie war es, die nun etwas von mir wollte.

Ich nickte und fixierte die Uhr. Jede Minute konnte es klopfen, das unbarmherzige Klopfen des Wachpersonals, das Anna Kowalski wieder zurück in ihre Zelle bringen würde.

Sie lächelte, freute sich über meine Anspannung, meine Neugierde, die ich erst gar nicht verbergen wollte. Es war, als kostete sie mein Interesse aus, während sie mich abschätzend musterte und abwog, wieviel sie preisgeben sollte. »Dr. Jost«, sagte sie endlich, »nun, ich habe über…«. Natürlich klopfte es genau in diesem Moment. Ihr Körper straffte sich sofort, sie stand abrupt auf, aber ich winkte ab, deutete ihr, stehenzubleiben. Ging selbst zur Türe. Die Frau, die Anna holen sollte, strahlte die Güte eines abgerichteten Mastinos aus.

»Geben Sie uns noch drei Minuten«, bat ich. Das war gegen die Vorschriften; sie zuckte, wenn auch angewidert, mit den Achseln. Wahrscheinlich war ich für sie nur eine unnütze Investition, die von Steuergeldern bezahlt wurde. Ich schloß die Türe und kehrte an meinen Platz zurück.

»Anna, heißt das, Sie haben über Ihre Beziehung mit Viktor geschrieben?« Jede der verbleibenden Minuten war mir kostbar.

Sie wirkte verärgert, um den Genuß meiner Neugierde gebracht. »Ja, das heißt, ich habe, ohne daß ich es mir bewußt vornahm, über Viktors Leben zu schreiben begonnen. Vom Tag seiner Geburt bis zu seinem Tod.« Sie klang nun völlig lustlos, meine insistierende Frage hatte ihr die Freude genommen, mich noch ein wenig länger auf die Folter zu spannen.

»Kann ich diese Aufzeichnungen lesen?«

»Nein, Dr. Jost. Aber, wenn es Ihnen für Ihr Puzzlespiel sinnvoll erscheint, dann... dann könnte ich sie Ihnen vielleicht vorlesen...« Darum also war es ihr gegangen.

»Nehmen Sie sie übermorgen mit, zur nächsten Stunde.« Anna zog die letzte Zigarette aus dem Päckchen und knüllte es zusammen. Warf es leichthin auf die Schreibtischplatte.

»Tut mir leid, das kann ich nicht, das ist nämlich nicht möglich.« Sie inhalierte das Nikotin, als ginge es um ihr Überleben. »Die Seiten liegen in meinem Haus. Niemand hat sich bei der Durchsuchung dafür interessiert. Sie hielten die Papiere wohl für Manuskriptseiten.«

»Gut, Anna. Aber das, was Sie geschrieben haben, kann für mein Gutachten wichtig sein. Sagen Sie mir, wo sich die Aufzeichnungen befinden, wir können sie holen lassen.«

»Nein.« Ihre Antwort war endgültig.

»Anna, bitte...«

Etwas Triumphierendes blitzte kurz in ihren Augen auf. Verschwand sogleich. »Dr. Jost, ich lasse niemanden mehr in mein Haus. Wenn Sie allerdings auf die Papiere wirklich so begierig sind, dann bemühen Sie sich um die Genehmigung, mit mir hinauszufahren... Ich werde Ihnen dort die ersten Seiten vorlesen. Und von mir aus nehme ich den Packen dann mit. Ihr Zimmer tut es ja in weiterer Folge genauso, dieser anheimelnde Raum mit der hübschen Aussicht.«

Gerade wollte ich ihr erklären, daß das unmöglich sei. Daß so ein Sonderwunsch eine Bürokratiehürde nach der anderen zur Folge hätte. Endlose Ansuchen, Gespräche mit ihrem Anwalt, Bewachungspersonal, das zur Absicherung mit uns fahren würde. Oder zumindest eine Kaution als Sicherstellung. Anna wurde hier nicht unter den leichten Kalibern geführt.

Diesmal war das Klopfen unerbittlich. Anna hob die Hand und drehte sich um. Lächelte. »Ganz, wie Sie wollen, Doktor«, sagte sie amüsiert. Nur ihr Zeigefinger der rechten Hand verriet, daß sie nicht allzu amüsiert war: Er kratzte die Haut des Daumens blutig. Ihr Lächeln war plötzlich aufgesaugt, sei es durch Müdigkeit, sei es durch ihre Enttäuschung. Fast war ich überzeugt, daß sie erleichtert war, in ihre Zelle zurückkehren zu können.

Ich nahm das, von Anna hingeworfene, zerknüllte Päckchen und strich es glatt. Tabak bröselte auf die Schreibtischplatte. Paula hatte jahrelang wie ein Schlot geraucht. Solange sie rauchte, verteidigte sie ihre Sucht mit feurigen Worten. Dann hörte sie schlagartig auf. Verkündete der Welt – nein, hauptsächlich mir – elegisch ihr neues Wohlbefinden. Zwei Jahre lang. Irgendwann kam ich nach Hause und sie saß in der Badewanne. Rauchend. Entspannt, glücklich. Und erklärte mir selig ihre wiedergewonnene Lebensfreude. Paula. Ich wollte sie anrufen. Nur um ihre Stimme zu hören. Ihre dunkle, heisere Raucherstimme.

Das ließ ich dann aber bleiben.

Ich knüllte das Zigarettenpäckchen heftig zusammen und schleuderte es durchs Zimmer. Verschränkte meine Arme hinter dem Kopf. Dachte nach.

Noch eine halbe Stunde Pause. Dann der nächste Klient. Ein Mann, zum dritten Mal straffällig wegen schwerer Kindesmißhandlung. Unterste soziale Schicht, seine Sätze begannen im Irgendwo, endeten im Irgendwo. Genauso wie unsere Gespräche. Dann hatte ich Pause bis vier am Nachmittag. Anschließend drei Klientinnen in meiner Privatpraxis. Alle drei mit Geld. Formulierten grammatisch einwandfreie Sätze. Die eine aß ununterbrochen, weil sie ihren Mann nicht mehr liebte. Die andere konnte seit Wochen nicht mehr essen, weil sie und ihr Mann sich nicht mehr liebten. Die Dritte kotzte ständig, weil ihr Mann sie nicht mehr liebte.

Paula.

In meiner Pause am Nachmittag schrieb ich die Gutachten. Damit ich mit Anna Kowalski zwei Tage später in ihr Haus fahren konnte.

Die Stimmung in unserer Wohnung war von einer düsteren Sumpfigkeit. Paula sprach nur das Notwendigste mit mir. Ansonsten ging sie pfeifend durchs Haus, ununterbrochen dröhnte seltsame Musik aus den Boxen. Ich kannte keine einzige Nummer; vielleicht stand Paula auch in dieser Hinsicht bereits unter Theos Einfluß. Ficken schien ihr nicht zu reichen. Alternativ zu ihrem Gepfeife drehte ich den Fernseher an und zappte mich lustlos durch 25 Sender. Holte mir die letzten zwei Flaschen Shiraz, Jahrgang 81 aus dem Keller und kippte den Wein wie billigen Fusel vom nächsten Supermarkt. Schlug Fachzeitschriften auf und las den gleichen Satz fünfmal; beim fünften Mal hatte ich immer noch nicht kapiert, worum sich der Artikel überhaupt drehte. Dann ging ich ins Bett und tat so, als ob ich schliefe, nachdem auch Paula ins Schlafzimmer kam. Sie: Ganz provokante Höflichkeit, indem sie endlich ihre Pfeiferei einstellte, exakt an der Schwelle zur Schlafzimmertür. Ich: Ganz gespielte Entspannung, gerade an der Schwelle des Schlafes.

Die Ehe eines Therapeuten.

Die Bürokratie, die für Annas Ausflug nötig war, lenkte mich ab. Ihr Anwalt hinterlegte für drei bewilligte Stunden der Freiheit eine Kaution in enormer Höhe.

Anna und ich trafen uns vor dem Parkplatz des Untersuchungsgefängnisses. Der Altweibersommer war schlagartig von einem kalten Regen vernichtet worden. Anna trug einen kurzen, schwarzen Mantel und wirkte verloren. Vielleicht war ihr ja nur der Mantel zu groß, aber vielleicht lag es auch an der Befremdlichkeit von drei Stunden bewilligter Freiheit. Sie hielt natürlich eine brennende Zigarette in der Hand, als sie in meinen Wagen stieg. Ich sagte nichts, obwohl ich den beißenden Geruch des Rauches im Auto – besonders bei feuchtem kaltem Wetter – nicht leiden kann. Auch war sie blaß und schien mir angespannter als vor zwei Tagen, während unserer ersten Stunde. Ich öffnete ihr wortlos den Aschenbecher.

Die Scheiben beschlugen. Es war früher Nachmittag, viel Verkehr, wir kamen nur im Schrittempo voran. Ich lenkte den Wagen auf die Stadtumfahrung. Anna sprach nichts, sie rauchte ununterbrochen. Mir brannten die Augen.

»Um achzehn Uhr müssen wir wieder zurück sein«, sagte ich, nachdem ich den Wagen auf die dritte Spur freigekämpft hatte. Sie sagte noch immer nichts. Erst in Klosterneuburg deutete sie mit ihrer Hand – gleich würde sie mir ein Brandloch in den Ärmel meines Sakkos sengen – nach links. Dann wortlos nach rechts. Paula, das verdanke ich dir... ich hätte mich nicht auf diese beklemmende Fahrt ins Blaue eingelassen, wenn du nicht ...wenn wir nicht...

Wir bogen in eine schmale Sackgasse. Ein paar alte, recht heruntergekommene Villen. Ein Lebensmittelgeschäft, das wohl seit Jahren geschlossen war. Nur mehr erkenntlich durch ein ausgeblichenes Schild über dem heruntergelassenen Eisengitter: Eier, Fisch, Geflügel. Verwilderte, aber eingezäunte Grundstücke. Anna winkte den Wagen zur Seite. »Wir sind da«, sagte sie.

Ich hatte den Schlüssel übernommen, den ich ihr jetzt geben wollte. Aber die Kowalski schüttelte nur den Kopf. Also steckte ich den Schlüssel in das Schloß eines dunkelgrün lackierten Schmiedeeisentores. Betrat vor ihr den Gartenweg, obwohl ich mich hier doch wirklich nicht auskennen konnte. Ging forsch voran, da ich meine Unsicherheit nicht zeigen wollte. Nahm ihre Schritte hinter mir wahr.

Ein gekiester Gartenweg. Gesäumt von niederen, verblühten Rosen. Auf beiden Seiten davon Rasen, bereits zu hoch, alte Bäume. Das Haus war überraschend klein, typisch Jahrhundertwende. An der Vorderseite eine geschnitzte Holzveranda, ein Stockwerk, eine ausgebaute Mansarde. Alles in grün und weiß gestrichen; idyllisch, friedlich. Hier spürte man nichts von der Stadt, war weitab ihrer Hektik.

Die Haustüre knarrte, als ich sie öffnete. Nun aber trat Anna vor mir ein. Mir schien, als ob sie heftig atmen würde. Zwei-, dreimal. Dann stieß sie die Türen zu den Zimmern auf. Tageslicht flutete herein. Ein weiches, blasses Licht, gefiltert durch die Bäume vor den Fenstern.

Nichts an diesen Räumen, nichts an der Atmosphäre trug ein Drama in sich. Im Gegenteil, selten habe ich mich in einem fremden Haus, einer fremden Wohnung sofort so entspannt, so willkommen gefühlt, wie in diesen Wänden.

Kann sein, daß es daran lag, wie Anna das Haus eingerichtet hatte. Vielleicht lag es aber auch an dieser veränderten Anna. Denn sie war verändert, ab dem Moment, in dem sie ihr Haus betreten hatte. Sie verströmte, kaum, daß sie in ihrem eigenen Vorraum stand, Ruhe, die sich auf mich übertrug. Sie ging von Zimmer zu Zimmer, nahm die Zimmer wieder in Besitz. Das tat mir leid; es war ja nur für zwei Stunden. Anna ließ ihren Mantel auf einen Sessel fallen.

»Heute darf ich Ihnen Kaffee kochen... Die nächsten Monate werde ich ja wohl nur mehr den Ihren trinken können.«

»Gerne«, sagte ich. Sie ging in die Küche, die nur durch Bücherregale vom Wohnzimmer abgetrennt war. Noch einmal kam sie zurück und knipste Tischlampen an, tauchte Inseln in rotes und gelbes Licht. »Ich lasse Strom und Gas weiterhin von meinem Konto abbuchen. Weil ich nicht will, daß das Haus stirbt, während ich nicht da bin... Häuser sterben, wenn sie nicht bewohnt werden. Nicht wahr, Dr. Jost?« sie ging wieder in die Küche und sprach von dort »Sehen Sie sich ruhig um. Wenn ich Sie vor... vor der Sache eingeladen hätte, dann hätte ich auch nichts dagegen gehabt.«

Also sah ich mich um, nicht dezent, nicht versteckt. Ich erkundete Annas Wohnung und versuchte alles in mir aufzunehmen. Zumindest eines sagte mir dieses Haus: Daß seine Bewohnerin es liebte. Es schien mir frei von Schwermut. Auf den Holzfußböden lagen Gabbehs, in leuchtenden Farben. Die Wände weiß, ein gemauerter offener Kamin. Überall Bücher, nicht nur in den Regalen, auch auf den Sofas, den Beistelltischen und stapelweise auf dem Kieferholztisch, der zwischen Küche und Wohnzimmer stand. Vor allen Fenstern Bäume, der Wind peitschte Äste und Blätter gegen das Glas.

34

Anna stellte Tassen auf den Tisch. »Milch kann ich Ihnen keine anbieten. Warum muß ich Ihnen ja nicht erklären. Dafür habe ich die Heizung angeschaltet. In zehn Minuten wird es warm.« Der Kaffee war stark. Anna Kowalski setzte sich mir gegenüber und schob einen Stapel Bücher zur Seite. Ich fühlte mich seit Tagen zum ersten Mal entspannt. Ihre Ruhe übertrug sich auf mich. Es wurde warm im Zimmer und ich zog mein Sakko aus und hängte es über die Lehne meines Stuhles.

»Hier«, sagte Anna und deutete auf die Stelle am Boden neben meinem Sessel, »hier ist Viktor verblutet.«

Ich schwitzte. Vielleicht war der Kaffee doch zu stark. So ruhig ich konnte, blickte ich auf die Stelle und kam mir dabei reichlich dämlich vor. Es war ein Stück Kieferbretterboden, unterschied sich durch nichts vom restlichen Fußboden. Aber Annas Worte hatten ihre Wirkung getan.

»Wenn Sie wollen, hole ich jetzt die Blätter. Irgendwann müssen wir ja beginnen.« Ja, sagte ich und kam mir noch dämlicher vor. Als sie die Aufzeichnungen holen ging – anscheinend bewahrte sie die Papiere in der Mansarde auf, denn ich hörte das Knarren der Holzstufen – suchten meine Augen nach einer weiteren Türe. Der Türe zum Keller. Der Türe, hinter der Viktor sieben Monate gelegen hatte.

»Sollten Sie die Kellertüre suchen, die liegt hinter der Küche«, sagte Anna, ein wenig außer Atem vom Holen der Blätter. Warf den Stapel, der zwei Zentimeter hoch war, auf den Tisch.

Und musterte mich amüsiert.

»Sprechen Sie es doch einfach aus, Dr. Jost. Sagen Sie klipp und klar: Ich kann es nicht fassen. Die Frau mir gegenüber hat ihren Mann zu Tode gebissen und dann sieben Monate mit seinem Leichnam – das klingt hübscher als Leiche, finden Sie nicht auch? – hier in diesem Haus gelebt. Sprechen Sie es doch einfach aus! Sie wirken nämlich ein wenig verkrampft.«

Ich sagte nichts. Sah sie nur an. Was hätte ich auch sagen sollen? Zum einen fühlte ich mich ertappt, bloßgelegt in meinen Gedanken; zum anderen hatte sie recht. Ich war verkrampft, verunsichert, konnte das alles nicht einordnen.

35

»Beginnen Sie mir vorzulesen«, sagte ich.

Schon wieder dieses amüsierte Lächeln. So, als hätte sie es mit einem Vollidioten zu tun. Ihr Lächeln machte mich klein, und ich sagte mir in einer kurzen Erkenntnis, daß ihr Mann oft von diesem Lächeln zu kosten bekommen hatte.

»Gut, dann fange ich an.« Sie ordnete ein paar Blätter und lehnte sich zurück. Stand nochmals auf und kam mit zwei Gläsern Wasser wieder. Trank von ihrem, räusperte sich. Irgendwo im Haus blubberte die Zentralheizung.

Anna lehnte sich zurück und begann zu lesen:

...Die Hilde: Viktors Mutter. Im Jahre 1965 war sie noch resch, patent und fesch. Ein Töchterchen von gutbetuchten Bildungsbürgern, das eben im Begriffe stand, sein Leben zu verpfuschen.

Der Pfusch jedoch war gutgeplant. Sofort nach der Matura begann die Hilde mit der kalkulierten Intention: Sie suchte einen Ehemann und ergo inskribierte sie sich als Studentin der Physik. An dieser Fakultät erschienen ihr die männlichen Ressourcen vielversprechend. Voll Sittsamkeit warf Hilde ihre Blicke aus und machte ihre dralle Weiblichkeit zum Köder. Schnapp, schon hing ein Otto an der Angel.

Und bald darauf schwoll Hildes Leib, so wie es ihre Absicht war.

Nicht ganz! Denn ihres Leibes Frucht war noch nicht staatlich anerkannt! Sanft, doch bestimmt wurde der Otto präpariert, in diese Richtung dirigiert und endlich auch die Hochzeit arrangiert: Im Kreise reichlicher Verwandtschaft und unter Patronanz vom lieben Gott.

Kaum war der Viktor auf der Welt, schenkte ihm Hilde ihre Liebe. Die gleiche Menge Liebe, die sie selbst als Kind erhalten hat. Das war leider nicht allzu viel.

Dem Viktor aber fiel's nicht weiter auf. Es mangelte ihm am Vergleich. Stur wog er trotzdem Tag für Tag ein wenig mehr. Auch ließ die Mutter ihm ja Umsicht, Vorsicht, Nachsicht angedeihen. Ja, damit nicht genug, sie tat noch mehr für ihren Sohn. Sie tauschte ihre Bücher der Physik gegen die Schriften der modernen Kindesaufzucht.

Restlos beseitigt wurde dadurch ihr Instinkt. Gottlob!

Streng nach der Anleitung zog Hilde ihren Viktor auf. Bevor sie ihren Säugling küßte, schob die patente Mutter Zellstoff zwischen Kinds- und Mutterlippen ein. Ansonsten stirbt ja die geliebte Brut durch böse Viren vor der Zeit. Ja, überhaupt erschien das Herzen und das Kosen voll Gefahr: Denn jeder Säugling ist in seinem tiefsten Kern Tyrann und das muß schleunigst unterbunden werden! Nur zehn Minuten täglich, am besten nach dem Bade in Kamillenmolke, darf man ein Kind verwöhnen mit der Zärtlichkeit. Die ist gefährlich! Denn reichst du einem Windelbalg den Finger hin, schon will es, ungenügsam wie es ist, die ganze Hand.

»Nun, Dr. Jost, Sie schauen ein wenig ...skeptisch? Haben Sie sich etwas anderes erwartet?« Ich nahm einen Schluck Kaffee, dachte nach, was ich sagen sollte.

»Nein, das heißt ja. Es ist tatsächlich anders, als ich es mir vorstellte. Fast, als hätten Sie den Beginn eines Romanes geschrieben.«

»Sie können es bezeichnen, wie Sie wollen. Aber was immer ich auch geschrieben habe, es entspricht absolut der Wahrheit. ...Wie alt sind Sie, Dr. Jost?«

»Vierzig.«

»Nun, dann sind Sie mit großer Wahrscheinlichkeit auch in diesem Stil aufgezogen worden. Ich habe nichts, absolut nichts erfunden. Nichts zu Beginn von Viktors Leben, nichts am Ende. Das meiste weiß ich aus Erzählungen von ihm selbst. Ich habe es nur geordnet. Ich habe es nicht einmal interpretiert.« Anna blickte auf ihre Armbanduhr; in der letzten Stunde hatte ich keine an ihrem Handgelenk gesehen. »Ich

37

denke, wir haben noch eine knappe Stunde. Wenn Sie nichts dagegen haben, lese ich weiter.«

Sie zündete sich eine Zigarette an und schaltet auch die Deckenlampe ein. Ein warmes Licht flutete über die Bücher, die Papiere, ihr Haar. Ich fühlte mich in einem Kokon der Wärme, isoliert, abgeschnitten und entfremdet der Welt draußen.

Zum Glück jedoch boten die Schriften über Kindsaufzucht auch reine Freude: So etwa saß – auf Seite 34 – ein Kind in einem Plastikschaffel. Belehrend gleich der Text unter dem frischen Konterfei:

Hei! Das ist aber lustig hier im Badezuber!

Doch manche Fotos waren auch sehr traurig:

Der Eitergrind von Seite 95!

Der Ruhrstuhl: Koloriert zart in Pastell.

Die Hilde machte alles richtig! Und trotzdem: Sie hatte sich die Chose anders vorgestellt. Idyllischer und streßfreier. Ein Säugling, der in seiner Wiege schlief und dabei sanften Milchgeruch verströmte und sie im Schaukelstuhl daneben…

Tja, das entsprach nicht ganz der Wirklichkeit. Und außerdem, warum kam Otto, der frisch Angetraute, des Abends meist so spät nach Hause, zu seinem Kleinfamilienverband?

Der Otto wollte sich der Antwort auf die Frage gern entziehen.

»Geh' Hilde, willst du wirklich mit mir tauschen?« fragte er seine Holde und starrte sie verwundert an. »Du hast den ganzen Tag nichts anderes zu tun, als unser Buberl auf den Knien hin- und herzuschaukeln. Und wozu willst du weiter diese schwierige Physik studieren? Die besten Mütter trifft man auf dem tiefsten Land. Ja! Wo die Frauen nicht einmal noch Lesen oder Schreiben können!«

Kurz, er erklärte ihr, daß sie ein Weib sei, er ein Mann.

Die Hilde war ja recht patent und wurde dankbar für das Los, das ihr der Otto zugeteilt. Sie zog rasch Resümee und sprach zu ihrem lieben Gatten: »Recht hast du, Otto! Man soll die Dinge nicht verkomplizieren! Lesen und Schreiben kann ich ja. Aber ein wenig fade ist mir doch. Wie wär's mit einem zweiten Kind? Und übrigens, heut' wär der rechte Tag dafür...«

Hildes patenter Leib war fruchtbar, der Ottogatte gern behilflich. Bald war sie wieder guter Hoffnung und schenkte einem zweiten Sohn das fahle Wiener Morgenlicht. Als Viktor grad ein Jahr alt war.

Nun war sie endlich zeitlich ausgelastet und brauchte ihrem Otto nicht mehr neidig sein. Ihm war das recht, so konnte er sich – ohne Störung – den Forderungen eines Mannesleben stellen:

Sich einen Titel zu erobern: Für Grabstein und Visitenkarte.

Ein Kapitalsparbuch auf seinen Namen anzulegen.

Den Samen seiner Hoden zu verstreuen. So ab und an zog es ihn hin zu frischem Fleisch. Denn seine Hilde war beschäftigt und sicher froh, wenn er von ehelichen Pflichten sie enthob.

»Haben Sie auch ein Kapitalsparbuch auf Ihren Namen angelegt?« unterbrach sich Anna und lächelte ihr kleines, zynisches Lächeln. Ich lächelte dämlich zurück und dachte mir, daß sie mich in Wahrheit fragen wollte, ob ich meinen Samen in der Gegend verstreute. Worauf mir natürlich sofort dieser Theo einfiel. Und ich rot wurde. Worauf Anna diesmal ihren anderen Mundwinkel amüsiert in die Höhe zog. Dann einen Schluck Wasser nahm und weiterlas.

Der Ottovater also stellte sich dem Mannesleben. Der Hilde aber schwante, warum ihr lieber Gatte manchmal erst nach Hause kam, wenn hoch der Mond schon über'm Beserlpark verglühte. Natürlich kränkte sie die Ahnung. Zusätzlich rissen ihr die Wickelkinder an den Nerven.

Doch nie tat sie Gewalt den Buben an! Denn das Erziehungsbuch wollte Gewalt nur bei den drastischen Vergehen: Ein Stuhlgang etwa, der nicht plumpste in den Topf, zur rechten Zeit.

Wie aber konnte die patente Hilde ihren Söhnen Mores lehren, um ihr poröses Nervenkleid vor weiterem Verschleiß zu retten?

Das Ignorieren, das Negieren war der Stein der Weisen!

Tatsächlich, binnen kurzem lernten beide Knaben, daß sie mit ihrem dämlichen Geflenne nichts erreichten, als eine stark verstopfte Nase. Und ein kalt-nasses Kissen obendrein, vom blubbernd-zähen Rotz.

Nur manchmal zog verfrüht ein Hauch des Trotzes durch das Kinderzimmer. Und meist kam das Gebrüll von Viktor. Hysterisch war das! Und nichts weiter! Die Strafe folgte auf den Fuß: Der viele Schleim, den er da produzierte, verklebte ihm die Röhre, die zur Lunge führt. Fast wäre Viktor dran erstickt.

Hier steigerte die kluge Hilde die Raffinesse der Erziehung: Statt ihm die pralle Mutterbrust zu offerieren, erdolchte sie den Sohn mit Eisesblick.

Kalt war dem Viktor daraufhin. Er lernte: Daß ein zu lautes Zeigen von Gefühlen fruchtlos ist. Daß Freude, Schmerz und Wut und Trauer nur eine dumme Laune sind, die nicht geschätzt wird von der Welt. Zumindest von der Welt der Mutter nicht, die halt von einem Säugling die gesamte ist.

Der Viktor wurde lieb und brav. Er hat kapiert. Und wurde – folgerichtig – Hildes Lieblingssohn. Woran er sehr schwer trug, in seinem ganzen Leben.

Sein Bruder Gerhard ließ sich leider nicht so gut dressieren. Und so rangierte er ab nun nur unter ferner liefen noch. Woran auch er schwer trug in seinem Leben.

Weil Viktor nun, meist auch der Gerhard, nicht mehr beanspruchten als das, was Hilde gern bereit zu geben war, blieb ihr nun endlich wieder Zeit.

Die füllte sie mit Depressionen aus.

Der Viktor war ein kluges Kind und registrierte ihre Wehmut. Er lernte dadurch Essentielles: Daß Frauen immer leiden tun.

Und wann auch immer er in seinem Leben Frauen leiden sah, da glaubte er, das sei naturgegeben. Ja, mehr noch: Sicher war er sich, daß Frauen überhaupt erst glücklich seien, wenn sie litten.

Und darum überließ er depressive Weiber ihrer göttlichen Bestimmung. Wann immer sich Gelegenheit dazu ergab.

Ich starrte schon die ganze Zeit auf die Fenster, der Wind peitschte immer noch Zweige dagegen, Wasserrinnsale glitten hinunter. Anna las, ihre Stimme war träge, die Worte fanden den gleichen Rhythmus wie das Wasser, das stetig und wieder und wieder über die Scheiben lief. Doch, ich hörte ihr zu, voll Konzentration. Aber ihre Sätze waren mir befremdlich. Ich wußte nicht so recht, was ich damit anfangen sollte. Der ganze Nachmittag mit ihr, mit ihr in ihrem Haus, hatte etwas Unwirkliches bekommen, etwas, das mich aus der Rolle des Therapeuten schleuderte. Nicht, daß ich mir auch nur den geringsten Vorwurf hätte machen müssen: Alles, was ich hier tat, stand durchaus in einem strengen, therapeutischen Kontext. Meine Verunsicherung lag auch nicht daran, daß sie mir gefiel: Ja, sie war schön, sie war intelligent. Ich entwickelte eine bestimmte Verantwortung gegen sie, aber die fühle ich auch gegen andere Klienten. Trotzdem, mein Gefühl sagte mir, daß es falsch war, sie aus dem Untersuchungsgefängnis zurück in ihr Haus zu bringen. Wir mußten bald aufbrechen; vielleicht noch eine halbe Stunde, aber ich spürte, daß es für sie mehr als schwer werden würde. Sie gehörte hier her. Sie wirkte mit ihrem Haus so verwachsen, daß ich plötzlich das Gefühl hatte, sie aus dem Boden entwurzeln zu müssen. Das gab mir das Gefühl, als sei ich ein grobschlächtiger Henker. Damit wollte ich mich nicht belasten.

Vielleicht lag es auch daran nicht. Vielleicht lag es nur an den Sätzen, die sie vorlas. Mit dieser dumpfen Stimme, die sie sonst, wenn sie sich mit mir unterhielt, nicht hatte. Der Text irritierte mich tatsächlich. Ich weiß nicht, womit ich gerechnet hatte; nein, nicht direkt eine Beichte, aber... aber es war ein Text. Absolut distanziert, abgeschottet von Gefühlen. Und wo blieb überhaupt sie? Warum hörte ich mir hier eine Schilderung von Viktors Kindheit an?

Daran lag es. Die Kowalski hatte mich von meiner üblichen Vorgangsweise abgebracht, hatte mir das wohlvertraute Muster der üblichen Therapiestunde entzogen. In welchem ich mich sicher fühlte. Mir schwamm der Boden unter den Füßen. Ich wollte hier weg: Wenn sie – beim nächsten Termin – wieder mir gegenüber in meinem Arbeitszimmer sitzen würde, ja, da könnte ich mir auch diesen Text anhören. Irgendwohin würden uns diese geschriebenen Worte ja führen.

Vielleicht war es Angst. Angst, daß sie mich zu sehr in ihr Leben hineinzog. Daß ich mich von ihr zu sehr hineinziehen ließ, weil... weil ich mit meinem eigenen Leben nicht klar kam. Wegen Paula, wegen Theo, dieser unbekannten Größe in meinem Leben. Früher hätte ich mit Paula über die fremdartige Faszination, die diese Kowalski ausströmte, gesprochen. Nein, das stimmt nicht. Früher wäre ich gar nicht hier gesessen. Ich hätte mich nicht in die Bürokratie geflüchtet, nur um mit einer Klientin, einer, die ihren Mann zu Tode gebissen hat, in ihr Haus zu fahren.

Es regnete und regnete und regnete. Ich war müde. Anna Kowalski las. Nein, Anna Kowalski las nicht. Ich löste meinen hypnotisierten Blick von den Wasserrinnsalen. Sie saß mir ruhig gegenüber, sah mich an.

»Viktors Kindheit war wichtig. Später habe ich seine Kindheit gehaßt. Nein, in Wahrheit seine Mutter. Ich hatte immer das Gefühl, daß sich Viktor stellvertretend an mir rächt. Rächen sich nicht alle Männer an Frauen wegen ihrer Mütter? Für das, wovon sie glauben, das es ihnen von den Müttern angetan wurde?«

»Zumindest behandeln Männer ihre Frauen oft so, wie sie eigentlich ihre Mütter behandeln wollen«, antwortete ich. Ich hatte meine Sicherheit wieder gefunden. Falsch: Anna Kowalski hatte mir meine Sicherheit wiedergegeben.

»Ein Mann trennt sich nie von seiner Mutter. Auch wenn er sie haßt. Er vollzieht diese Trennung stellvertretend an den Frauen seines Lebens.« Das war keine Frage, sie konstatierte nur. Ich sparte mir eine Antwort. Sie hatte recht.

»Lesen Sie weiter«, sagte ich. Nun wußte ich, daß mich der Text zu ihr führen würde.

...Der Viktor war ein kluges Kind, er lernte nicht vom Leben nur. Nein, selbst die Schule schien ihm dazu angetan. Und Wesentliches lernte er: Daß seine Heimat voller Burgen, voller Strome war, daß Gott sehr lieb, der Heilige Geist dagegen reichlich unsichtbar. Daß die Maria eine holde Jungfrau ist und daß ein Fußballi weh weh tut, wenn man es in die Eier kriegt. Von der Frau Lehrerin, der lieben, die auch noch Jungfrau war, weil nicht verheiratet, bekam er mit, daß man vier Zwetschken teilen kann durch zwei, worauf, wenn man es richtig macht, zwei Zwetschken sich ergeben. Und von der Hildemama erwarb er sich die Kenntnis, daß man die Zwetschke nicht zerquatschen darf am Tischtuch mit den Brüssler Spitzen. Weil das soviel vom Weißen Riesen kostet. Das letzte lernte er durch eine mütterliche Watsche, die nur die Mutter war berechtigt zu vergeben. Im Gegensatz zu der Frau Lehrerin: Die soll die Kinder unterrichten ohne Watsche.

Der Viktor brauchte eh nicht viele Watschen. Er war ja mit Manieren vollgestopft.

Ein so ein braver Bub, der in der Schule lauter gute Noten hat! Die Zwetschken wußte er so fein zu dividieren! Und als Belohnung lächelte die Hilde.

So hat er Wesentliches aufgesaugt: Willst du ein Lächeln von der Welt, dann leiste was! Was Hänschen nicht erlernen will, das lernt der Hannes nimmermehr! Doch leider reicht das auch nicht aus: Sei immer höflich zu den Frauen, den Tieren und den alten Menschen. Denn alle drei sind angewiesen auf die Höflichkeit und haben die Manieren bitter nötig.

Darum war Viktor immer höflich. Selten ein Knabe, der den Diener so formvollendet niederbeugte. Und so bewies er seiner Mutter, daß sie ihn nicht umsonst zum Lieblingssohn erkoren hat. Im Gegensatz zu seinem Bruder Gerhard. Der war nicht höflich zu den Tieren, den alten Menschen und den Frauen. Auch konnte er die Zwetschken nicht gut teilen, im besten Falle höchstens auf dem Tischtuch mit den schönen Brüssler Spitzen. Die Hilde sah sich oft gezwungen, fragile Stärke ihrer Frauenhand an seiner Wange zu erproben.

Dem Gerhard, dem Verstockten, war das recht! Bekam er so zumindest seinen Teil Beachtung.

Das Wesen beider Knaben war sehr früh gefestigt. Zementiert.

Der brave Viktor! Ja, sooo brav.

Der schlimme Gerhard! Pfui, sooo schlimm.

Des Viktors Kinderleben war beschaulich. Nur unterbrochen hie und da durch Lächeln oder Lob. Ganz selten aber auch durch ekelhafte Topfencreme. Als Zeichen letzter, ungesunder Renitenz verweigerte er diese Speise. Die Hilde konnte das nicht dulden. Sie löffelte die Milchkost standhaft weiter in den trotzig-würgend Schlund des Sohnes ein. Der sonst so brave Viktor spieb die Nahrung auf das Tischtuch. Es war – gottlob – durch eine Plastikschicht versiegelt, welche die Fasern hinderte, die bröckelige Topfenmasse einzusaugen. Es blieb die Kalziumbereicherung erhalten, vollständig, schon vermischt mit scharfem Magensaft. Und Hilde konnte die Melange noch einmal runterstopfen in den zugeschnürten Hals.

Das nur als heiteres Zwischenspiel. Bedeutungslos der Inhalt für die weitere Geschichte.

Von größerer Bedeutung war, daß Viktor (nun acht Jahre alt), aufs Land befördert wurde, mittels Eisenbahn. Zusammen mit dem schlimmen Gerhard. Zu Großpapa und Großmama und vielen, vielen Kuhlimuhlis. Von denen wußte Viktor mittlerweile, daß das nur lauter Rindvieh war.

Tja, das war eine fade Episode! Nur Landluft erster Qualität und der Manieren ebensolche. Und endlich ging es wieder heimwärts nach vier Wochen... aber Juchheißa und Juchhe! Was hat der Storch zu Hause zwischenzeitlich abgelegt? Ein Schwesterlein! Noch nicht besonders hübsch, entschädigend ihr schöner Name: Die Frederike grinste ihren Brüderchen entgegen.

Die Hilde aber konnte glücklich weiterleiden, sie durfte jetzt von vorn beginnen mit der Windelwascherei.

Die Mutter seufzte viel, der Vater war zumeist absent, der Gerhard schlimm, der Viktor brav. Obwohl er brav war, kam er in die Pubertät.

Fast hätte Viktor diese Krise ohne Mühe absolviert. Er war ja gut dressiert und angepaßt. Zu einer kräfteraubenden Entpuppung gehören heftige Gefühle. Die Hilde war recht hoffnungsfroh, sie hatte ihm die meisten seinerzeit ja aberzogen. Oh je, ein Bodensatz der lästigen Gefühle war aber immer noch vorhanden! Den holte Viktor schonungslos hervor. Und richtete die scharfen Dolche gegen den, der sich ihm bislang so gekonnt entzogen hatte.

Üblicherweise ist's der Vater, so auch hier.

»Wir müssen gehen«, sagte Anna Kowalski, stellte den Stapel Papier hochkant auf die Tischplatte, klopfte ihn gerade, richtete die Seiten aus. Lächelte mich von unten herauf an. So, als ob sie testen wolle, wie diese Worte auf mich wirkten. Ich stand auf und trug meine Kaffeetasse in die Küche. Am Kühlschrank war ein Stundenplan aufgeklebt. Koljas Stundenplan.

Ich wollte solche Details nicht sehen; es konnte gut möglich sein, daß Anna nie wieder einen Blick auf einen Stundenplan ihre Sohnes zu werfen brauchte. Weil sie zu viele Jahre hinter Gitter verbringen würde...

Anna Kowalski, Gattenmörderin.

Sie ging durch den Wohnraum und schaltete die Lampen ab. Kontrollierte die Fenster. Regelte den Thermostat. Ich zog mein Sakko an und trat einen Schritt zur Seite. Ich stand genau da, wo laut Annas Worten Viktor verblutet war.

»Einmal im Monat kommt die Bedienerin. Wegen der Post und so. Sie wissen ja...« Von mir abgewendet schlüpfte sie in ihren schwarzen Mantel. Kam noch einmal zum Tisch zurück und nahm den Stapel Papiere. »Warten Sie, ich hole eine Mappe«, sagte sie.

Plötzlich hatte ich Angst, daß sie... Was? Davonlaufen? Wieder ihre Schritte die Treppe hinauf. Sie kam zurück, steckte den Stapel in eine Flügelmappe. »Die werde ich Ihnen geben. Zur Aufbewahrung. Ich müßte ansonsten sowieso nur einen ganzen Haufen Genehmigungen einholen... Aber lesen Sie nicht alleine weiter. Bitte...«, setzte sie hinzu und ich wußte, daß ihr diese Bitte wichtig war.

Den Schlüssel des Hauses hatte ich. Es schien mir geschmacklos, daß ich Anna Kowalskis Haustüre versperrte; aber sie machte selbst keinerlei Anstalten und tat so, als ob es das Natürlichste auf der Welt wäre. Mit den Schuhspitzen stach sie beim Gehen in den Kies des Gartenweges. Genau so war sie immer gegangen, hier, auf ihrem Gartenweg...

Bei der Rückfahrt lachte sie viel. Nervös. Sie zeigte da auf ein Plakat, erzählte mir dort etwas von einem Baugrund, einem Geschäft, einem Nachbarn. Zuviel tapfere Fröhlichkeit strahlte Anna Kowalski aus. Die letzten hundert Meter saß sie nach vorne gebeugt, ich konnte ihr Gesicht nicht sehen.

»Danke«, sagte sie, nachdem ich sie an die Aufseherin übergeben hatte. Ich drehte mich rasch um, ich wollte nicht sehen, ob man der Kowalski Handschellen anlegte.

Es war gegen 18 Uhr 30. Das war die Stunde, in der ich sonst nach Hause fuhr. Aber mein Wagen machte sich selbständig, wählte – als ich es merkte, war es zu spät – den Weg zu meiner Privatpraxis. Also nahm ich zur Kenntnis, daß ich nicht nach Hause wollte. Zu Paula und der Stimmung, die nicht faßbar war.

Annas Text legte ich auf meinen Schreibtisch. Ich hörte den Anrufbeantworter ab, versuchte nachzudenken. Aber ich fühlte mich erschöpft und ausgelaugt. Meine Gedanken sprangen ineinander, bekämpften sich. Anna wurde zu Paula, Paula zu Anna, mein Kopf lag auf meinen Armen. Ich war sehr müde. ...Irgendetwas sagte Anna zu mir; warum sprach sie so wie Paula? Es war Paulas Stimme, Paulas rollendes R, ihr leichtes Verwischen der letzten Silben ihrer Worte. Aber Anna lachte, als ich ihr ihre Stimme wiedergeben wollte und warf den Kopf in dieser Neigung zur Seite, wie es Paula tat. Wenn sie von etwas sprach, von dem sie nicht sprechen wollte.

Ich preßte meine Handballen gegen die Schläfen. Nach Hause, eine heiße Dusche, essen, schlafen...

Der Blumenkiosk an der Ecke war noch offen. Es regnete in Strömen. Mein Auto stand in entgegengesetzter Richtung. Wasser kroch unter meinen Hemdkragen. Es roch nach Herbst. Herbstregen mit einem rauchigen Geschmack. Die Straßenlampen waren an; in ihrem gelblichen Licht sammelte sich die Feuchtigkeit. Dann stand ich vor dem Blumengeschäft.

Oft habe ich Paula von hier Blumen mitgebracht. Nie war mir die Wahl schwer, mein Instinkt traf ihre Stimmung. Nicht, daß ich das meiste Grünzeug hätte benennen können, aber ich wählte die Blumen mit einer Treffsicherheit, die mich selbst manchmal überraschte. Manchmal waren es fleischige, exotische Blüten; dann wieder keusche, zartgrüne Zweige...

Ein Auto spritze mich an, die Hose klebte naß und kalt an meinem Bein. Ich wußte plötzlich nicht mehr, was ich hier tat, lustlos suchte ich meine Wahl zu treffen, während der türkische Verkäufer auf mich einredete. Ich deutete dorthin, dahin, sagte nein, sagte ja, zog Geldscheine aus meiner Hosentasche; Münzen klirrten auf den Boden, der Türke hielt mir in der linken das Wechselgeld, in der rechten die in Seidenpapier gewickelten Blumen entgegen; überfordert nahm ich beides, nun rann auch noch ein dünnes Rinnsal des Regens über meine Schläfe. Mich fror.

Im Stiegenhaus wickelte ich die Blumen aus dem feuchten Papier. Es waren Nelken. Paula haßte Nelken. Ich ging zu den Mülltonnen. Alle waren randvoll, so legte ich das Grünzeug obendrauf. Ging die Stufen zu unserer Wohnung hoch. Ich wollte bereits aufsperren, dann aber drehte ich wieder um, ging die Stiege nochmals hinunter und holte die Blumen aus dem Müll heraus.

Paula war zu Hause. Sie stand im Kabinett hinter der Küche und hängte Wäsche auf. Ihre Beine waren nackt, sie trug eines meiner alten, ausgefransten Hemden. Sie murmelte eine Begrüßung, wandte ihren Blick aber nicht einmal für eine Zehntelsekunde von der nassen Wäsche ab. Es klang wie der überreizte Gruß eines Portiers. Die Blumen legte ich an die Kante des Küchentisches. Rosa Nelken. Speirosa Nelken.

Tak tak tak machten Paulas nackte Fersen auf dem Holzboden. »Ach, Nelken«, sagte sie, so, als diagnostizierte sie eine Magenverstimmung.

Später stand der armselige Strauß am Eßtisch. Exakt zentriert. So, wie noch nie Blumen bei uns herumstanden. In Mutters Kristallvase, die Paula und ich voller Einverständnis als so geschmacklos befanden, daß sie ihre Tage in der Besenkammer fristete. Paula behielt sie voll angewidertem Amüsement, weil ich – es war wohl schlechtes Gewissen – das Geschenk meiner Mutter nicht wegwerfen wollte.

Alles wollte ich jetzt, nur nicht an meine Mutter erinnert werden. Schon kam diese Melange aus Genervtheit und einem ewig-schlechten Gewissen ihr gegenüber hoch. Mit dem bitteren Bodensatz eines Zornes, dem ich in all den Jahren immer wieder ausgewichen bin. Vielleicht trennte ich mich gerade von Paula; vielleicht hatte ich sie solange provoziert, daß ihr gar nichts anderes übrig blieb, als eine Flucht zu Theo, dem göttlichen Ficker. Vielleicht steuerte ich und Paula führte nur aus. Paula, die Handlangerin meines Unterbewußten. Und vielleicht mußte sich Paula von mir trennen, weil ich mich von Paula trennen mußte, weil ich mich nicht von Mutter trennen konnte.

Anna Kowalski wird schon recht haben.

Hauptsache, ich war hier der Therapeut.

Den Rest des Abends verbrachte ich auf einem Schemel sitzend, vor dem geöffneten Kühlschrank. Starrte auf Salzgurken, süßsaure Gurken und pikante Gurken. Verlor mich an den Anblick des Dijons-Senf und rätselte, was im weißen Fettpapier, ganz hinten im Fach, wohl verpackt sein möge. Es kam ziemlich kalt aus dem Kühlschrank. Einige Male ging Paula hinter mir durch. Pfeifend. Meine Kontemplation stur ignorierend. Und so, als ob mein intensives Betrachten unseres Kühlschrankinhaltes absolut alltäglich wäre.

Genausogut hätte ich fernsehen können. Oder durch das Bullauge der Waschmaschine auf die im Seifenwasser schwappende Wäsche starren.

Es erfüllte den gleichen Zweck.

Zwei Stunden später ging ich ins Bett. Ich war hungrig, soviel Energie hatte ich nicht aufgebracht, um mir etwas aus dem Eiskasten herauszunehmen.

Während ich auf den Schlaf wartete, tat ich mir ganz ordentlich leid. Besonders weil meine Füße eisig waren; sie waren genauso kalt, wie Luft, die aus dem Kühlschrank strömt.

Natürlich holte ich mir eine Erkältung. Aber auch die Kowalski war verkühlt, drei Tage später, bei unserer nächsten Sitzung. Sie sah schlecht aus, die Augen waren verschwollen und gerötet. Zum ersten Mal wirkte sie so, wie man es erwartet, von einer Frau, die sich in Untersuchungshaft befindet. In der einen Hand hielt sie ein zerknülltes Taschentuch, in der anderen umklammerte sie ihre Zigaretten und Streichhölzer.

»Wollen Sie heute lieber lesen oder mit mir sprechen?« fragte ich.

»Lesen«, sagte sie. Ihre Stimme klang nasal. Trotzdem zündete sie sich, kaum, daß sie saß, eine Zigarette an. Sie strich das Zündholz so über die Brennfläche der Schachtel, wie ich es bislang nur bei Männern gesehen hatte: vom Körper weg, in meine Richtung.

Ich reichte ihr die graue Mappe. Brachte ihr eine Tasse Kaffee und ein Glas Wasser. Setzte mich und wandte mich von ihr ab. Heute wollte ich ihr ohne Vorbehalte zuhören. Anna hustete trocken und sagte: »Sie wissen ja, ich habe aufgehört zu lesen, als Viktor in die Pubertät kam.«

...Den pubertären Groll entlud der Viktor gegen seinen Vater.

Die Hilde wußte das zu fördern. War Viktor nicht ihr Lieblingssohn? Na eben! Um weiterhin ihr Favorit zu bleiben, bedarf es lebenslanger Leistung! Das war nicht allzu viel verlangt! Sie hatte ihm ja dreizehn Jahre ihres Lebens hingeopfert, um ihm gesunde Topfencreme und Manieren einzutrichten.

Sie schürte Feuer in des Sohnes Brust: Nicht gar zu direkt, allzu plump. Nur zwischen Zeilen teilte sie dem Viktor mit, was sie von ihrem Gatten hielt. Und folgedessen auch der Viktor von seinem Vater halten solle.

Jetzt erst erblühte die patente Hilde wieder, zulange hatte sie auf weibliches Raffinement verzichtet: Sie seufzte tief, wenn Otto spät erst in der Nacht nach Hause kam. Sie seufzte lange, seufzte laut, bis es das weiche Herz des Sohnes kontrahierte.

Wie lieb und arm die Mama war! So manchen Vorwurf machte Viktor sich, daß er nicht seiner Mutter Gatte war. Dann hätte nicht das Leben solche Spuren in Form von Tränensäcken hinterlassen... Doch leider, Selbstvorwürfe halfen nichts. Was konnte er nur tun?

Dem Vater endlich wie ein echter Mann die Stirne bieten! Und ins Gesicht ihm schleudern, was Mutter nicht selbst schleudern konnte. (Da sie ja Weib nur war und schwach.)

Darum auch baute er sich einmal in der Woche vor dem Vater auf und sagte diesem kräftig seine Meinung. Ganz aufgeregt war er dabei. Bedauerlicher Weise aber endete der Auftritt nie, wie es der Viktor sich erhoffte. Dem Vater nämlich störte die Emphase seines Sohnes grade so, wie es die Eiche stört, wenn eine Sau sich an ihr kratzt. Er blätterte mit Muße seine Zeitung um und musterte den Sohn behaglich zwischen Leitartikeln. Bis daß der Viktor sich in einen flegelhaften Zorneswirbel ritt. Und Röte seine Wangen tönte, da Vater nur das Schweigen sprechen ließ. Sodaß der Viktor schließlich flau verebbte, zu stottern anfing, nicht mehr weiter wußte. Just und meist auch zu diesem Zeitpunkt warf dann der Vater einen Blick auf seine Junghans Quartz und sprach: »Wenn du dann fertig bist, gleich ist die Tagesschau...«

So lernte Viktor auch vom Vater: Daß eines Mannes Waffe darin liegt, Gefühle seines vis-à-vis gelangweilt und gelassen abzuwarten. Weil so der Lamentierer rasch begreift, daß seine Echauffiertheit fruchtlos bleibt. Er lernte auch, daß man die Disziplin in wahrer Meisterschaft vollenden kann: Ein Blick auf eine Junghans Quartz, zum rechten Zeitpunkt obendrein: Dem Gegenüber wird bewußt, daß es als Tölpel sich gebärdet. Zum Sieger wird man so über Gefühle. Die ja so ganz und gar zum Gähnen sind.

Er kam dadurch in ein Dilemma: Er stand zwar ganz auf Mutters Seite, doch wollte er so überlegen wie der Vater sein. So kühl und abgerückt von Reizbarkeit.

Heute fiel mir das Zuhören leichter. Hier, in meinem Arbeitszimmer hatte ich keine Probleme mit Annas Aufzeichnungen. Sie schienen mir plötzlich wichtig, wertvoll für etwas, dem ich noch auf der Spur war. Ich selbst entspannte mich durch ihre träge Stimme, die nichts intonierte. Sie las ihre Sätze so sachlich wie den Beipacktext eines Medikamentes. Einmal nahm ich wahr, daß sie sich wieder eine Zigarette anzündete. Manchmal hustete sie dazwischen das kurze, trockene Husten, das neu an ihr war und wahrscheinlich mit der Verkühlung zusammenhing.

Langsam wurden in mir die Personen lebendig, von denen Anna las. Diese Mutter, drall und rosa, resolut und autoritär zu den Kindern. Nie drang ein echtes Gefühl durch die Fassade der guten Manieren, der Lauterkeit, der Angepaßtheit. Nur bei ihrem Mann verlor sie ihre Resolutheit. Ein zu breiter Graben trennte sie von ihm. Von jedem Mann. Ihren Körper verwendete sie ausschließlich als Einsatz, um aus einem Mann das Elementare für ihr Leben herauszuziehen: Eine gewisse Stellung in der Gesellschaft, finanzielle Versorgung. Ansonsten schien ihr ein Mann als solcher für nicht viel zu gebrauchen, eher empfand sie ihn als störend; diese Frau konnte aber auch keine geistige Nähe zulassen. Sie bahnte sich Zugänge zu Menschen aus dem Hinterhalt, gutgeplante Schleichpfade voll verwinkelter, gerissener Schachzüge. Bekam sie das Gewünschte, war sie stolz auf ihr Raffinement. Und Viktors Vater: Zu Hause schien er nie präsent, er schaltete seine Person ab, kaum, daß er die Haustüre betrat, um sich aus jeglichem Geschehen auszuklinken.

Mein Vater agierte anders, nur um den gleichen Effekt zu erzielen. Seit ich mich erinnern kann, war er kränklich. Immer mußte er geschont werden, meine Mutter hatte zu sorgen, daß ihm keine Störung von Seiten seiner Kinder zugemutet wurde. Mit sechzehn, siebzehn hatte ich es satt, daß er sich entzog, ununterbrochen und gekonnt. Einmal, ein einziges Mal schrie ich ihm meine Wut, meine Enttäuschung, meine Entfremdung ins Gesicht. Schleuderte ihm im Zorn vor die Füße, daß ich all die Jahre hindurch nur einen Vater gehabt hatte, der nicht existent war.

An diesem Abend hatte mein Vater einen Herzinfarkt.

Zwei Tage später starb er. Niemand hatte mir beweisen können, wie effektiv man sich einer Konfrontation entziehen kann.

Ich holte mich zurück aus meinen Erinnerungen. Aber eine leichte Sympathie begann in mir zu keimen: Für Viktor, das Mordopfer.

...Die Hilde war ja so patent und wartete geduldig auf Optionen. Für mütterliches Weiterschüren.

An einem seidenblauen Wochenende...

Der Schauplatz der Begebenheit war eine Lichtung: Smaragdengrün mit Pilzaroma. Denn dorthin zog es Otto zur Entspannung. Der hartverdiente Zaster hatte ihm ein Häuschen für das Wochenende eingebracht.

Los ging der Spaß an jedem Freitagabend: Die Hilde lud ins Auto ein, was eine Sippe nun mal braucht: Zwei Tiefkühltaschen voll mit Hendlkeulen, Salat aus Erdäpfeln und Gurken, gesunde Rohkost aus Tomaten, Gurken, Sauerkraut. Soletti für den Knabberspaß und Ketchup, Senf und Sauce Tartar. Ja, noch drei Packerl Topfen für die Frederike, die filigranen Kinderknochen girten noch nach Kalzium. Halt! Halt! Die Flasche mit dem Meister Proper hätte sie jetzt fast vergessen... Das Häuschen mußte jedes Wochenende doch gesäubert werden. Gründlich!

Nun endlich ritten sie davon auf ihrem feurigen Familienroß, das auf den Namen Opel hörte. Doch bei St. Pölten knickte stets die gute Stimmung. Zum einen, weil die Frederike Contenance verlor, und die gesamte Autopolsterung bespieb. Zum andren aber, weil man zwischen Ybbs und Persenbeug bemerkte, daß man für die Entspannung Essentielles hat vergessen in der Hauptsitzwohnung.

Die Grillwürstel!

Das Klopapier!

Und trotzdem war man sich an jedem Freitagabend einig, wie schön die Wochenenden waren. Besonders, weil die Luft so gut, viel besser als in Wien. Man blähte dort die Nüstern weit, damit auch nichts verlustig ginge von dem guten Pilzaroma.

Ein solches schönes Wochenende bot Hilde die herbeigesehnte Stunde.

Am Abend war er da, der Holdmoment: Im Wohnzimmer war es empfindlich kühl. Das war der Zeitpunkt, auf den Hilde hatte warten können.

Sie schritt zum Thermostat der Heizung.

Warum? Wo doch bekannt, daß Frauen meist von Technik gänzlich unbeleckt.

Sie drehte an dem Thermostat!

Du holder Jesu! Heilige Maria! Jessas!

Doch war die Hilde ihrer Dreistigkeit sich wohl bewußt. Somit auch ihrer Handlung, dem Motiv dafür:

Ihr fror, und auch dem Gerhard und der Frederike und dem Viktor.

Nicht allerdings fror Otto. Kein Wunder, er war ja ein Mann und echte Männer fröstelt nie.

Das wußte die patente Hilde. Auch ahnte sie, daß bald die Stimmung eskalieren würde. Erst drehte sie am Regler, dann warf sie ihrem Gatten Blicke voll Erwartung zu. Worauf der Otto sich erhob und sehr bestimmt die Raumluft niederdrosselte, eiskalt.

Zum Klappern brachte Hilde ihre perlweißen Zähne. Sehr attrak-, sehr demonstrativ.

Das Zahngeräusch schnitt tief in Viktors Herz. Jetzt mußte er der Mutter helfen! Er hüpfte, wie nur Jugend hüpfen kann und wand den Heizungsregler hoch auf 25 Grad!

Das konnte Otto sich nicht bieten lassen! Gelassen, wie es seine Art war, schob er das Plastikknöpfchen zärtlich in den 15 Grad-Bereich zurück.

Doch nicht mit Viktor! Lässigkeit betonend, schlenderte er nun wieder zum begehrten technischen Gerät.

Jetzt aber 30 Grad! Fix Laudon noch einmal!

Des Vaters sonst so stoisches Gemüt erhitzte rascher sich als Raumluft. »Es bleibt bei 15 Grad!« stellte er klar, voll Drohung in der Stimme.

»Nein«, müpfte Viktor auf, »uns ist so kalt!«

»Hier ist es heiß!«

»Huch, huch«, so wimmerte die Hilde.

»Zieh dir was an«, bellte der Gatte Richtung Gattin. Sie aber zog den Polyesterschal nur fester um den Hals. Da wußte Viktor, niemals oder jetzt! Hoch aus dem Diwan, hin zum Thermostat, auf 40 Grad! Und schnell zurück zur Mutter, um ihr den rauhen Luftzug und den Zorn des Vaters abzuwehren.

Dem aber ging die Hutschnur über. »Mir reichts, ich hab die Nase voll von euch. Ich fahre heim nach Wien. Allein!« Er knallte hinter sich die Türe zu. Das durfte er, er war der Herr im Haus.

In einer ohnmachtsvollen Geste warf Hilde ihren Schal zu Boden und sich selbst darauf. Und brach in heftiges Geflenne aus. Die Frederike fand das animierend und stimmte voller Freude ein. Der Gerhard aber stieß das Puzzlespiel – von dem schon 98 Teile zu einem reizenden Portrait von Lassie endgefertigt waren – vom Tisch und sprang doof, dumm und dämlich drauf herum.

Viktor allein behielt die Fassung. Ein rascher Röntgenblick in das Inferno reichte ihm: »Gerhard, du machst sofort der Frederike eine Topfencreme. Und bringst sie dann zu Bett, marsch, marsch. Und schneuz dich, heb die Puzzleteile auf, iß eine kalte Grillwurst, dalli dalli, und gehe dann zu Bett.«

Der Gerhard war so überrascht von Viktors neuer Seite, daß er folgte. Darauf brach wieder Ruhe in der Stube los, akustisch nur gestört durch Hildes Schluchzen und Geflenne.

Der Viktor hatte für den Fall des Falles ein blütenweißes Feh dabei. Das knüllte er der Mutter zwischen ihre nasse

Nase, feuchte Lippe. Dann warf er sich an ihre ausgeprägte Mutterbrust.

Das Schluchzen wurde leiser, moderater, östrogener.

»Dein Vater ist ja so brutal...«

»Ich weiß«, litt Viktor tröstend mit.

»Kalt, hart, gefühllos, egozentrisch, verlogen, stur, borniert, gemein...«

»Ja, ja«, warf sich der Viktor tapfer in die wilde Flut der Adjektiva rein.

»Nichts weißt du, nichts!« jaulte die Hilde auf und sprudelte von neuem los.

»Doch!«

»Nein!«

»Doch!«

»Nein!«

»Doch!«

»NEIN!«

»Ist noch was, Mama? Bitte, sage es...«

Da weinte die patente Hilde wieder los, bis an die Grenzen ihres Wasserreservoirs. »Das kann ich nicht! ...Dafür bist du zu jung«, ergänzte sie, bevor die Tränen ihr zum Halse standen.

»Geh Mama, sag schon, ich verstehe alles.«

»Ahhh, Viktor, ist das wahr?« Ein Lächeln ihrer Augen, so unvermutet wie die Sonne während eines Grönlandtiefs.

Wie gerne wollte Viktor ihre Sorgen weiter tragen! Da konnte Hilde nicht mehr widerstehen.

»Dein Vater hat mich all die Jahre nur betrogen!«

»Oh je«, so Viktor. (Ganz betroffen.)

»Ja! Jedem Weiberkittel jagt er hinterher.«

»Das mußt du erst beweisen«, flehte Viktor. Doch Hilde weinte anstandshalber noch ein wenig weiter.

»Ja, es ist wahr. ...Es gibt sogar einen Beweis in Fleisch und Blut...«

Der Viktor war gerade vierzehn Jahre. Noch hielt er Hilde während ihrer Schüttelschluchzer, gleichzeitig aber stürmten jugendlich-entrüstete Gedanken durch sein Hirn. »Mama, heißt das…, heißt das mein Vater hat noch einen Sohn?«

»Viel schlimmer Viktor! Eine Tochter!«

Ab hier konnte der Sohn die Mutter nicht mehr stützen. Verstört lief er im Zimmer auf und ab.

»Bleib hier«, flehte die Hilde.

Er ging zu seiner Mutter und kniete sich zu ihren Füßen hin. Er suchte Trost bei ihr. Umsonst. Sie suchte diesen selbst.

»Ja, Viktor. Es ist wahr. Doch ich hab keine Schuld daran. Ich war dem Otto immer eine gute Frau.« (Schluchz, schluchz)

»Das weiß ich Mutter.«

»Viktor, …das Bankert ist am gleichen Tag geboren, wie deine liebe Schwester Frederike!«

Daraufhin war es still im Raum.

Der Pfeil saß tief in Viktors Herz.

Stolz war die Hilde auf die Wirkung.

Der Viktor war ihr Eigentum ab nun.

Und nun erhob sie sich voll Würde und hob den Schal vom Boden auf. Nach dieser Preisgabe der Schmach schuf sie nun wieder die gehörige Distanz.

»Ja, daran siehst du, daß der Trieb – wenn man ihn auslebt, ohne sich zu zügeln – gefährlich ist. Viel Leid hat er schon in die Welt gebracht. Und meistens sind's die Frauen, die diese Lust bezahlen müssen. Was aber Frauen wirklich wollen, das spielt sich selten ab im Bett. Manieren sind es, was sie suchen. Genau so, wie die Hunde und die alten Menschen auch.

Halt ihnen Türen auf, wenn du ein Restaurant betrittst mit Frauen!

Geh links von ihnen auf der Straße und stoß sie nicht in den Verkehr!

Vergiß nie auf ein frisches Taschentuch! Aber ich bitte dich von Herzen: BEZÄHME DEINEN TRIEB! Schau mich an, was die Wollust deines Vaters angerichtet hat!«

»Ich denke, unsere Stunde ist um, Dr. Jost. Ich werde mir Hildes Worte angelegen sein lassen und meinen Trieb bezähmen. Was anderes bleibt mir ja ohnehin nicht übrig. …Also, zurück in meine Zelle…« Sie ordnete die Blätter, drehte den Reisewecker zu sich herum.

»Wir hätten noch acht Minuten«, sagte ich.

»Ich fühle mich krank«, sagte Anna, »aber Sie können ja noch einige Seiten alleine lesen. Im Moment geht es ja ohnehin um nichts anderes, als um eine Mutter, die das Sexualleben ihres Sohnes ruiniert. Für immer. …Und um ein klein wenig nicht ausgelebten Inzest, um sich zumindest am Sohn schadlos zu halten…« Anna inhalierte tief die letzten Züge ihrer Zigarette. »Rufen Sie bitte die reizende Dame vom Aufsichtspersonal. Ich möchte zurück…«

Ich telefonierte. Zwei Minuten später klopfte es. Anna war es unangenehm, mir die Hand zu geben. Sie hielt darin immer noch das zerknüllte Taschentuch. Ihre Hand war eisig. Ich glaube, daß sie Fieber hatte. In ihren Augen war der trübe Glanz erhöhter Temperatur.

Als sie weg war, kochte ich mir noch eine Tasse von dem Gebräu, das sich Kaffee schimpfte. Schaltete das Neonlicht aus, denn eine vom Sommer ausgelaugte Septembersonne schickte milchiges Licht zwischen den Ästen der Linde in mein Zimmer. Dann nahm ich den Text aus der grauen Mappe. Anna hatte mir einige Blätter verkehrt hineingelegt, sodaß ich daran erkennen konnte, bis wohin ich ihre Aufzeichnungen alleine lesen sollte.

…War Viktor mit Verstand genug gesegnet, um Hildes Worte zu verinnerlichen?

Natürlich! Denn er lernte nicht aus Büchern nur. Und so begann er seinen Trieb – gerade aufbrechend wie des Kohlsrabis Blüte – mit scheelen Augen zu betrachten.

Was Mutter, so patent und lieb, zu fördern noch verstand. Sie offerierte ihm zu dem Behuf Ovomaltine. Während der fürsorglichen Geste versenkte sie sich tief in den Pupillen ihres Lieblingssohns.

»Ich muß mit dir etwas besprechen...«

»Ja?« fragte Viktor, nippte aber nur an seinem noch zu heißen Malzgetränk.

»Weißt du, ...du bist ab jetzt in dem gewissen Alter.«

»Ja«, wiederholte Viktor, wurde rot und brannte seine Zunge am Kakao vor lauter Peinlichkeit, vorausgeahnter.

Fast schelmisch lächelte die Hilde, denn gar so furchtbar war das Ganze nicht. Zumal ihr Sohn ja nicht alleine war, während der schweren Krise. Er war mit ihr verbündet! Zwei Kameraden auf dem Weg der Pubertät.

»Ja also, nun. In dieser Zeit tritt medizinisch etwas auf, was dir vielleicht sehr peinlich ist.« Der Viktor schwieg, die Tönung seiner Wangen wurde indianisch.

»Das, was dir peinlich ist, das nennt man feuchte Träume.« Viktor verschluckte sich am Malzgetränk, ein Hustenanfall folgte auf den Fuß.

»Geh Viktor«, sagte seine Mutter und klopfte fest ihm auf den Rücken, damit der Sensenmann noch warten müsse. »So peinlich ist das wieder nicht. Das ist nun einmal die Natur des Mannes! Im Anschluß an den faulen Zauber aber näßt der Organismus meist das Bett...«

»Ja«, krächzte Viktor und er heftete die Augen inbrünstig auf die Milchhaut des belebenden Kakaogetränks.

»Das ist der SAMEN! Den tragen Männer für gewöhnlich innerhalb. Doch die Natur will, daß er manchmal raus muß, an die frische Luft.«

»Kann ich jetzt gehen?« Er bat den Gott, er bat den Teufel um verdiente Gnade. Die beiden hätten sie geübt.

»Nein, gleich, ...wo war ich denn, ah ja, das ist nur Samen. Der wiederum nur Eiweiß ist. Das klebt und selbst der Weiße Riese schafft oft nicht, die Flecken zu entfernen. Und deshalb,

Viktor, bitte ich: Wenn so etwas passiert, dann zieh dein Leintuch ab und geh damit ins Bad. Und wasch es gleich mit Seife raus. Und häng es auf, am besten bei der Badewanne. Den Rest besorgt der Weiße Riese dann mit links!«

Der Viktor tat, wie's ihm geheißen. Wann immer die Natur den Sirup aus dem Genitale lockte, zog er am Morgen drauf das Leintuch ab. Und ging ins Bad. Und wusch es aus. Und hing es auf, sodaß das Seifenwasser in die Badewanne tropfen konnte.

Gut sichtbar war der peinliche Beweis für Hilde:

Denn die Kontrolle wahren, ist der Mutter Pflicht.

Die Topfencreme hatte Viktor mit sechzehn Jahren überstanden. Er durfte manchmal gar am Bier schon nippen. Dazwischen lernte er Vokabeln. Traf sich mit Freunden. Wusch das Leintuch aus.

Der Vater warf einmal pro Jahr in Viktors Zeugnis einen Blick. Und war zufrieden.

Die Hilde wußte sich durch ihren Sohn bereits entlastet und steckte ihre Nase wieder raus in diese böse Welt. Es war jetzt an der Zeit, die Reste ihrer Weiblichkeit zu testen.

Damit sie sich nicht einen schlechten Ruf erwarb, erwarb sie sich zuvor die Kenntnisse des Schachspiels. Denn nur die leichten Mädchen machen Weiblichkeit allein zum Zwecke ihres Daseins. Wer auf sich schaut, muß dieses Spiel der Lust kaschieren. Am besten durch ein anderes Spiel, und Schach war dafür sehr geeignet. Denn viele Männer geben sich dem edlen Denksport leidenschaftlich hin.

Ab nun ging Hilde jeden Abend in den Schachverein. Die Söhne waren alt genug, und Frederike: Die konnte sie bei ihrem Viktor gut und gern zur Aufbewahrung hinterlassen.

Wenn Hilde weit nach Mitternacht nach Hause kam und sich durch Dosenthunfisch samt Gemüse labte, bestätigte die Ruhe ihres Lieblingssohns Verläßlichkeit.

Die Hilde blühte wieder auf. Sie sammelte Verehrer.
Nicht länger wollte sie nur Mama, Möbel und Matratze sein.

Zu weit ließ sie es aber niemals kommen.
Denn ihre Brut, die brauchte sie ja noch.
Sie spielte nur ein wenig mit dem Feuer.
Jedoch nicht nur im Schachverein:
Denn Viktor wurde oft erregt durch seiner Mutter Anblick.
Nur durch den Anblick. Gott sei Dank!
Trotzdem: Er war ganz schlicht und einfach geil.
War's Zufall? Unterlief der Hilde so manches kleine Mißgeschick? War sie nur unbedacht, wenn sie da nackt im Haus herumscharwenzelte? War es die Lust nur, ihren Körper von den Kleidern zu befreien? Weil ja die Luft viel weicher ist, als Samt, Viskose, Polyester? War Viktor zu empfindsam für den Anblick? Zu überhitzt in seiner Phantasie?
Wie dem auch sei, der Viktor litt an einem Ständer.
Der Ständer aber litt genauso.
Weil Viktor ihn von seiner Last nicht zu befreien wagte.
Die Mutter durfte doch kein Pin-up-girl sein, und also auch nicht deren Rolle hier erfüllen.

Der Ständer konnt' sich's richten. Er fand Erlösung bald in feuchten Träumen.
Das Leintuch fand Erlösung mittels Seife.
Nur Viktor selbst, ganz abgespalten von den bösen Lüsten, fand diese nicht. Die Paarung zwischen Schuld und Lust war nun vollzogen. Jedoch, die Seele fühlt Erbarmen und senkte einen Schleier des Vergessens über das Pfui Gack.
Was Viktor aber blieb, war äußerst rätselhaft: Ihm grauste seit der Zeit vor Sonnenblumen. Vor ihrem Zentrum, haarig, borstig, schwarz.
...so ähnlich wie die Scham der Mutter...

Unsere Bedienerin folterte gerade die Teppiche mit dem Staubsauger, als ich abends nach Hause kam. Ich wollte freundlichst grüßend an ihr vorbeieilen; meine Absicht wurde gründlich vereitelt.

»Dr. Jost, ihre Gattin ist nicht da!«

»Aha«, sagte ich und versuchte meine Beine aus dem Staubsaugerkabel zu befreien. Es war nicht ungewöhnlich, daß Paula um diese Zeit noch nicht zu Hause war. Doch unsere Perle war rechtschaffen empört darüber.

»Sie ist nicht da, Herr Doktor! Und ich habe keine Staubsaugersäcke mehr! Letztes Mal hat sie mir versprochen…«

»Aha«, brüllte ich nochmals, um das Getöse des Staubsaugers zu übertönen. Frau Berger sah meinen gehetzten Blick und verstellte mir frontal den Weg.

»Ich brauche aber Staubsaugersäcke!« konstatierte sie drohend.

Schnell kramte ich in meiner Hosentasche und drückte ihr einige zerknitterte Scheine in die Hand. »Der Supermarkt hat ja noch offen«, faselte ich. Sie schüttelte indigniert ihr quadratisches Haupt, entrüstet über meinen leichtfertigen Umgang beim Kauf so elementarer Dinge wie Staubsaugersäcke. Trotzdem geruhte sie mittels ihres Fußes den Staubsauger auszuschalten und den Weg in den Supermarkt anzutreten.

»Sind Sie im Wohnzimmer bereits fertig?« fragte ich, bevor sie im Stiegenhaus entschwand.

»Ja, wie kommen Sie denn darauf? Nur das Zimmer Ihrer Gattin ist fertig.«

Ich suchte in Paulas Zimmer Schutz vor der Berger und dem Staubsaugergetöse. Riß dort erst einmal das Fenster auf und machte dann einen Abstecher in die Küche. Nahm mir Tonic aus dem Kühlschrank und goß einen Schwall Gin darüber. Eine Pfütze des öligen Alkohols schwamm auf der Arbeitsplatte, als ich die Eiswürfel in das Glas versenkte. Beim Zurückstellen des Tonics in den Eiskasten fiel mir zum ersten Mal auf, daß Paulas und meine Arbeitsteilung seit ein paar Wochen nicht mehr funktionierte.

Sie kaufte nichts mehr ein.

Ich kaufte auch nichts mehr ein.

Aber im Kühlschrank waren immer noch saure Gurken, pikante Gurken und Salzgurken. Und Dijon-Senf. Ganz hinten an der Kühlschrankwand klebte das mysteriöse, von Fettpapier umwickelte Päckchen. Es sah heute nicht verlockender aus, als vor fünf Tagen, als ich mir vor dem Eiskasten eine Erkältung geholt hatte.

Paulas Arbeitszimmer war Paula. Jeder Gegenstand war beseelt von ihr. Ich fühlte mich unbehaglich und eindeutig unwillkommen. Verspannt setzte ich mich an den Rand des tiefen Ohrensessels, den sie von ihrer Mutter bekommen hatte. Zog angewidert meinen Gin-Tonic durch die Zähne und befand, daß das kein Getränk für einen kühlen Herbstabend war. Ärgerte mich, daß ich den ganzen Shiraz ohne Würdigung auf einmal ausgetrunken hatte.

In Paulas Zimmer wußte ich erst recht nicht, was ich sollte. Ihre Bücher, ihre Möbel, die Bilder, die herumstanden, alles strafte mich mit kalter Verachtung. Besser hätte es Paula selbst nicht gekonnt. Nicht einmal das Licht drehte ich an, je provisorischer ich meinen Aufenthalt hier gestaltete, desto besser.

Während die Gegenstände um mich herum langsam ins Dunkel versanken, während von draußen – zumindest ein wenig gedämpft – die Geräusche von Frau Bergers wirkungsvollem Werken zu mir drangen, währenddessen verfiel ich in ungesundes Grübeln. Ungesund, weil jeder zweite Gedanke beim gleichen Satz endete: Was hatte ich Paula angetan? Welchen Vorwurf machte sie mir? Welche Signale hatte ich in den letzten Monaten – vielleicht Jahren? – übersehen, sodaß sie nur mehr diese blutleere Verachtung für mich übrig hatte?

Ich war voll Zorn auf sie. Voll Wut, die aus dem fruchtbaren Boden gedemütigter Verletztheit brodelte. Warum hatte Paula mich mit einem so billigen Tatbestand geschlagen, wie mit der Mitteilung, daß es nun zum Vögeln einen anderen gebe? Ich dachte an Anna Kowalski und ihre These, daß es keine einzige ethische Handlung ohne egoistische Motive gibt. Nun konnte ich beim besten Willen Paulas Ehebruch nicht als eine ethische Handlung bezeichnen. Aber, und das war der springende Punkt: Sie, Paula, mußte davon profitieren, indem sie mir ihre Untreue so siegessicher um die Ohren klatschte. In der Mitteilung mußte für sie das Motiv liegen, nicht in der Tatsache ihrer außerehelich..., ach was... ihrer Vögelei. Ginge es ihr einzig und allein um die Befriedigung einer im Moment nicht zu beherrschenden Geilheit (die, na gut, die eben nichts mit mir, ihrem Ehemann zu tun hatte), dann... dann hätte es mir Paula sicher nicht mitgeteilt. Sie hätte die Sache dezent gehandhabt, im Verborgenen mit einer delikaten Rücksicht, die darauf abzielte, mich nicht zu kränken. Paula ist von gesunder Triebhaftigkeit; sie wäre die letzte, die wegen schlechten Gewissens mich als Beichtvater heranziehen müßte.

Aber Paula hatte es mir mitgeteilt. Nicht einmal schonungsvoll: Brutal und direkt und ohne jegliche Rücksicht auf meine Gefühle. Munter hatte sie mir ein nacktes Faktum zum Fressen vorgelegt: Daß die Affäre derzeit im vollen Gange sei.

Also waren Paulas Motive die Schmerzen, die sie mir zugefügt hatte. Dafür sprach auch, daß sie alles andere als schuldbewußt durch die Gegend rannte. Sie gab sich so, als sei ihre Liaison mit Theo, dem Vögelhengst, ihr pures Recht.

Warum? Warum? Warum? Wieder war ich am Anfang der Gedankenspirale: Welche Signale hatte ich übersehen? Selbst, wenn ich mich noch so unschuldig fühlte: Acht Jahre einer Beziehung lassen genug Freiraum übrig, die roten Warnlichter, die unvermutet im Alltag aufblinken, zu übersehen.

Je weniger Gin in meinem Glas war, desto mehr Wut verspürte ich auf Paula. Eine Art hilfloser, gekränkter Enttäuschung. Natürlich war ich eifersüchtig, aber es war nicht die Eifersucht, die meinen Zorn nährte. Es war vielmehr die Tatsache, daß sie mir den Stolz auf unsere Ehe zerschlagen hatte. Na gut, richtiger: Den Stolz auf mich, den Stolz auf

64

meinen Part, den ich in dieser Ehe übernommen hatte. Natürlich hatten wir einige Probleme in den vergangenen acht Jahren. Selbst in der besten Beziehung sind es zwei, die sich arrangieren müssen. Wünsche, Hoffnungen, Triebe, Verluste: Es ist nicht leicht sie auf einen Nenner zu bringen. Aber, so dachte ich immer: Daß es nur eine Frage der Definition sei. Selbst die Farbe Weiß hat zu viele Schattierungen. Es nützt nichts, wenn einer schreit »Ich will Weiß«, der andere aber von diesem Weiß eine divergierende Vorstellung hat. Genau deshalb hatte ich es bisher so gehandhabt mit Paula: Gab es Probleme, setzten wir uns zusammen, in Ruhe, zwei vernünftige Menschen, die ein gemeinsames Ziel hatten: Eben dieses Problem wieder aus der Welt zu schaffen. Auf einer rationalen, abgeklärten Ebene. Ich halte nichts von Affekten. Ja, Paula neigte zeitweise zu einem gewissen Überschäumen, über das ich tolerant hinweggegangen bin. Sie war manchmal unbeherrscht, aufbrausend. Ich entschuldigte ihre Dramatik mit ihren italienischen Vorfahren. Aber sie hatte gelernt: Denn was haben ihr denn die Tränen, ihre Wut, die zerschlagenen Teller gebracht? Sie lernte durch die sinnlose Vergeudung ihrer Energien. Im Laufe unserer Ehe hatte sie sich immer besser in der Hand. Sie ließ das Porzellan im Kasten. Wir redeten, um das anstehende Problem einer Lösung zuzuführen. Das war mein Beitrag. Und nun vernichtete sie genau meinen Anteil, auf den ich stolz war. »...Schon wieder reden«. Dieser Satz aus ihrem Mund hatte mich ausgelöscht, mehr noch, als das kalte, ignorante Eingeständnis ihrer Untreue.

Es war banal, einfach banal. Ich trank den letzten Schluck Gin. Im Zimmer war es bereits stockdunkel. Ich saß immer noch an der Kante von Paulas Ohrensessel und starrte hinaus auf eine Neonreklame, die in Intervallen die Möbel des Zimmers verzerrte. Grün-blau, dunkel, grün-blau, dunkel. Keine Geräusche drangen mehr zu mir. Die Berger hatte wohl ihr Werk beendet und war nach Hause gegangen. Paula aber war immer noch nicht da. Jetzt hätte ich aus ihrem Zimmer gehen können, aber ich klebte willenlos am Rand des Ohrensessels.

Ich wollte darüber nachdenken, warum Paula so eine Inflation ihrer Gefühle zuließ. Stattdessen kreisten meine Gedanken schon wieder um diesen Theo. Ich stattete ihn mit allen Eigenschaften aus, die ich nie gehabt hatte. Ohne die ich aber bis jetzt ganz zufrieden war. Bis vor kurzem.

Das, was ich dann tat, das wollte ich nicht. Ich tat es aber. Ich könnte mich rechtfertigen: Mit Eifersucht, mit Wissen-Wollen, mit der Notwendigkeit dieses Wissens... Egal, ich tat, was ich tat. Ich stellte das Glas neben mich auf den Fußboden und knipste die Stehlampe neben Paulas Schreibtisch an. Das Licht schmerzte nach der Dunkelheit in meinen Augen. Es überflutete das Chaos auf ihrem Schreibtisch. Skripten, Zettel mit Buchnotizen, Ansuchen von Studenten, Formulare, Bücher, Zeitschriften. Irgendwo dazwischen hatte die Putzfrau eine gebrauchte Kaffeetasse übersehen. Die Tasse klebte festgetrocknet an der Untertasse, ich schob sie zur Seite. Ein Radiergummi fiel zu Boden. Ich suchte.

Ich suchte nach Theo. Nach irgendetwas Greifbarem über diesen Theo. Ein Stück Papier mit seinem Namen; seine Telefonnummer; ein Foto... Ich durchstöberte ihre Papiere immer hektischer. Nach einer Materialisierung dieses Studenten.

Denn zumindest in dieser Annahme war ich mir sicher: Daß Paula seine Dozentin war; daß sie mit ihm hingebungsvoll über die Literatur diskutierte. Und dann angeregt erregt zum Vorspiel überging. Daß es das alte Schema war: Sie um die vierzig, er um die zwanzig. Sie selbstsicher, er unsicher. Für beide ein Honigbad des Selbstbewußtseins.

Doch zumindest diese Annahme war vollkommen falsch.

Ich fand nichts. Das Licht knipste ich wieder ab und verließ Paulas Zimmer. Meiner selbst überdrüssig, bestellte ich mir eine Pizza mit der doppelten Portion Salami, die mir schwer im Magen lag. Ging dann in mein Zimmer und fühlte mich auch da nicht willkommener.

Die Wohnung war entseelt ohne Paula. Ich wollte raus aus der zermürbenden Spirale meiner Gedanken.

In meiner Aktenmappe steckte Annas Manuskript. Natürlich kämpfte ich mit meinem Gewissen, ohne ihr Wissen und Einverständnis weiterzulesen. Aber ich wollte tiefer in das Leben der Kowalski eindringen, weil ich mein eigenes nicht mehr ertrug.

...Trotz allem, Viktor wurde siebzehn Jahre. Und die Familie fand sich versammelt zu dem frohen Fest. Man saß um eine Backmischung, die sich als Sachertorte deklarierte.

Es war das letzte Mal, daß die Familie vollzählig um die Torte saß. Ein Sippenmitglied nahm den Abschied vom Familienverband.

Das war nicht weiter tragisch.

Weil es ja nur die Mutter war.

Sie war auch nicht gestorben.

Nur geschieden.

Die Hilde war ja recht patent und sie bereitete den Abgang heimlich vor, sodaß die Brut aus allen Wolken fiel. An einem wettermäßig schönen Morgen, ganz präzisiert um 7 Uhr 10.

Der Vater riß den Viktor aus dem Traum. Verwundert stolperte der Sohn ihm hinterher. Beim Frühstück saß auch schon der Gerhard und die Frederike. Unsichtbar blieb allein das Mütterlein.

Vom Schleichen um den heißen Brei hielt Otto nichts.

»Ja, Kinder... was ich sagen wollte... die Hilde, meine Frau,... hm, tja, ja also,... eure Mutter: Sie ist ab heute nicht mehr da! Sie will sich scheiden lassen. Hm. ...Ihr Neuer, der heißt Alfred... oder so. ...Sie will euch nicht mehr, ihr seid störend für die neue Liebe. Ich aber bin ein guter Mensch, darum dürft ihr hier weiter wohnen... Tja... Hm. ...In Zukunft werde ich euch also nicht mehr nur der Vater sein, nein auch die Mutter... Gut, tja, das wäre auch erledigt. So, jetzt beeilt euch, denn die Schule fängt gleich an!«

Die plötzlich halbverwaiste Brut saß recht belämmert beim Kaffee und tauschte ahnungsvolle Blicke. Das würde heiter werden! Ein Vater, der kein rechter Vater war, und der jetzt auch noch Mutter werden wollte!

Im Halse würgte es den Viktor. Gleich suchte er die Schuld bei sich. Was hatte er der Mama angetan, sodaß sie ihn verlassen hatte?

Kurz fuhr durch seinen Körper eine scharfe Schmach: Hatte die Mutter gar geahnt, daß er durch ihren Anblick manchmal einen Ständer...? War deshalb böse, auf, davon...?

Da riß er sich am Riemen. Die Mutter hätte doch mit Sicherheit erwartet, daß er das Ruder übernahm. Um seine Schuld – was immer die auch war – zu tilgen, sich selbst verbat er jede Trauer ab sofort.

Zu Mittag kam der Vater heim, im Schlepptau zog er eine Weibsperson. »Das ist die neue Putzfrau«, stellte er sie vor. Dann lud der Vater eine Kiste aus dem Wagen. »Und das ist eine Mikrowelle«, gab er lakonisch kund.

Mit der besagten Mikrowelle und einer Magd für groben Dreck ersetzte er sehr effizient die Ehefrau.

Was lernte Viktor aus der Episode? Vor allem, wie ein Gulasch man mit Hilfe kurzer Wellen gart. Daß man die Plastikhaut des Plastikreindls perforieren sollte vor dem Kochvorgang. Sonst nämlich pickt das gute Gulasch in der ganzen Küche.

Das eine mußte man dem Otto lassen: Die doppelte Funktion der Elternschaft bemühte er sich redlich auszufüllen. Nach einer Woche aber war er davon so erschöpft, daß er ein Internat für Gerhard suchte. Die Frederike gab er in die Obhut frommer Nonnen, da wußte er sie besser aufgehoben, als daheim.

Bedaulicher Weise gab es Tage, an denen man die Kinder nicht im Internat behalten wollte. Zum Beispiel jedes zweite Wochenende, summa summarum zuviel Zeit für den gestreßten Muttervater. Darum wies er den Viktor an, zu helfen bei der schweren Pflicht. Der Vater bot ihm aber Unterstützung an: Er würde weiterhin die Lebensmittel zahlen.

Der Viktor machte sich nicht schlecht in dieser neuen Position. Er wollte ja der Mutter aus der Ferne den Beweis erbringen, daß eine Rückkehr zu ihm lohnend sei.

Leicht war es für den Viktor trotzdem nicht.

Viel schwerer aber war es für den Vater.

Zwar hatte er die Gattin durch die Mikrowelle und die Putzfrau gut ersetzt. Vakant jedoch blieb eine Seite seines Bettes und die damit verbundene Funktion der Ehefrau. Das Wildern durch verbotene Reviere entbehrte jeder Freude, seit Hilde nicht mehr weinte wegen dieses Tatbestands.

So ging der Otto auf die Balz. Auf hoffnungsfrohen Freiersfüßen. Wer suchet, findet und er war ein sehr begehrter Kandidat. Beruflich gut positioniert, ein krisenfester Treuhandfond sein eigen und auch der Opel war durch eine Großraumlimousine ausgetauscht.

Er fand ein Bräutlein, das den Wagen, die Aktien wie auch das Leintuch mit ihm teilen wollte. Stolz führte er sie heim und vor. Doch war die Freude so groß nicht. Ja, Kinder sind halt undankbar! Die Gerti stieß auf eine kalte Mauer sturer Ignoranz. Was immer sie auch tat, was immer sie versuchte, die Kinder zeigten ihr den Mangel ihrer Sympathie. Strikt schob die Frederike Gertis gutes Gerstlkoch zur Seite. Sie sehnte sich nach Hildes Topfencreme. Dem Gerhard war das alles wurst, er hatte sich darauf versteift, daß alles wurst ist, weil egal. Am stursten war jedoch der Viktor.

»Vater, warum hast du uns dieses Weib ins Haus geschleppt? Was willst du denn mit DER...?«

»Das geht dich überhaupt nichts an!«

»Ja! Doch! Du willst, daß diese Truchtel für uns Mama spielt. Schmeiß sie hinaus, je schneller, desto besser!«

»Nein! Heiraten will ich die Truchtel..., äh, die Gerti!«

»Nein, Vater, nein! Aus ihrem Mund kommt nichts als dumme Sülze...«

»Laß mich in Ruh! Die Tagesschau! Horch, im Nahost ist wieder eine Krise.«

Da sprang der Viktor vor den Bildschirm.

»Du willst die Gerti nur zum Pudern! Vögeln! Ficken!«

»Jetzt halt den Mund. Schau, Arafat küßt Kreisky.«

Für Viktor war da nichts zu holen. Er sehnte seinen Auszug aus dem väterlichen Haus herbei.

Hei! Endlich! Neunzehnter Geburtstag! Ein Stichtag des Gesetzes: Für die Freiheit. Und wieder waren alle vollständig versammelt. Auf Hildes Stuhl drückte sich halt der Hintern jetzt von der Gertrude. Sie hatte streng nach Beipacktext die gleiche Tortenmischung melangiert wie Hilde einst. Doch Viktor fand, daß sie bei Gerti scheußlich schmeckte.

Sein Herz war ohnehin noch wund von dem Verlust der guten Mutter.

Die Hilde aber war patent. Sie hatte nicht auf den Geburtstag ihres Ältesten vergessen! Im Gegenteil, sie hatte ihm sogar ein Brieflein (rosenrot, mit Sondermarke) zugeschickt.

Der Briefgruß aber war sehr traurig. Das weite Herz zog es dem Sohn ganz eng zusammen und fing zu stolpern an und rumpelte arythmisch weiter. Er floh vom Frühstückstisch ins Jugendstudio und warf sich übers ungemachte Bett. Und las noch einmal seiner Mutter wunde Worte:

Mein lieber kleiner Viktor, Du mein Lieblingssohn!

Wieso hast Du mir all das angetan? Ein gutes Jahr ist es nun her, daß ich Hals über Kopf mein Heim verlassen habe. Bis heute hab' ich aber nichts von Dir gehört!

Warum hast Du mich nie gesucht? Ein schneller Blick ins Telefonbuch hätte ausgereicht, damit Du unter tausend fremden Namen meinen findest. Ich bin zwar jetzt verehelichte Doktor Sluka... doch mit ein bißchen detektivischen Gespürs... mit ein klein wenig Interesse...

Schwer hat mich das getroffen, trotzdem will ich gratulieren!

Nie hätt' ich das von meinem Lieblingssohn erwartet!
Enttäuscht bin ich von Dir, als Mutter aber will ich Dir
verzeihen. Darum auch lege ich fünfhundert Schilling bei.
Kauf Dir dafür die Schicksalssymphonie. Und noch zweihun-
dert Schilling schick ich mit: Für Gerhard und die Frederike.
Die auch nichts von sich hören ließen. Sei brav und kauf ihnen
davon fünf frische Unterhosen. Die Neue soll so schlampig
sein,... ach was, ich will mich jetzt nicht weiterkränken! Und
meinem Liebling diesen Tag verderben.

Aber geweint hab ich sehr oft! Du hast mich tief verletzt,
mein Sohn. Vergiß die Liebe nie, die uns verbindet! (Ich lege
auch ein Säckchen Samen bei – ach, werde nur nicht rot! – es
wächst ja nur ein Blümlein draus, das heißt Vergißmein-
nicht...)

Und sei schön fröhlich, heute ist ein Freudentag!

Was tat der Viktor nach Lektüre? War er schön fröhlich?

Nein! Er warf im Bett sich hin und her und heulte Rotz
und Wasser in die Polster. Und war so traurig wegen Hilde,
weil sie so traurig über ihn.

Gut, daß ein paar Gefühle noch sein eigen waren.

Mit denen konnte er für seine Mutter leiden.

Kurz nach besagtem Freudentag wurde dem Viktor staatlich Reife zuerkannt. Mittels dem Zeugnis der Matura.

In einem letzten Anflug sinnentleerter Renitenz spieb er
im Anschluß an die obligate Feier in seines Vaters Ehebett.
Der Otto war darüber nicht erbaut.

»Du ziehst hier aus! Ich will mit Gerti meine Ruhe haben.
Weil ich ein guter Vater bin, hab' ich dir Zimmer, Küche,
Kabinett erworben!«

Jetzt war er selbst ein Herr im Haus. Und sonst?

Als guter Sohn entschied auch er sich für Physik.

Er wusch nicht gern die Hemden, das Geschirr.

Mit Freunden trank er abends oft acht kühle Bier.

Vom äußeren Erscheinungsbild war er zum Mann geworden, mißtraute aber seinem Spiegelbild. Durch Arroganz kaschierte er die Zweifel.

Er hatte öfter Schmerzen in der Brust. Fast so, als wär' ein Loch in seinem Herzen.

Das galt es aber schleunigst auszufüllen! Wie aber füllt man so ein unbenanntes Nichts? Mit Heroin und Kokain und solcher bösen Medizin? Nein, nein, vor sowas hatte Hilde stets gewarnt. Er wollte nicht sein Leben durch das süße Gift beenden, das schmeichelnd durch die Nadel tropft. Was aber dann? Wie füllt man diese Leere?

Es bietet sich hier das Kasino an. Auch Automatenspiel erzeugt ein unbestimmtes Wohlbefinden. Die Spannung würzt den Hohlraum in der Brust. Doch würzt sie eben nur und füllt nicht das Nirwana.

Der Viktor grübelte, wie diesem Hohlraum weiters beizukommen sei. Was konnte er nur tun, um dem Nirwana Herr zu werden? Ja was nur, was?

Na klar!

Was alle eben tun, wenn sie so leer sich fühlen. Besonders in der Maienzeit. Doch auch den Rest des Jahres über.

Raus in die Welt! Die Augen auf und sich verlieben!

Das Geräusch des Schlüssels schreckte mich hoch. Paula kam nach Hause. Es war 2 Uhr 14. Ich versuchte weiterzulesen. Es gelang nicht. Taktaktak machten Paulas Fersen. Das Geräusch eines Schuhes, der vom Fuß abgestreift, in die Ecke geschleudert wird. Taktaktak. Ein Glas klirrte, der Wasserhahn lief. Taktaktak. Dann war es still. Die Gedankenspirale setzte unbarmherzig ein. Woher kam Paula? Wonach roch sie? War sie... hatte sie...? Ich lauschte nach der Stille. Dann wieder das Taktaktak. Meine Zimmertüre war nur angelehnt. Paula trat ein, ohne anzuklopfen. Orientierte sich kurz, sah mich auf dem Sofa sitzen, neben mir Anna Kowalskis Papiere. Sie kam auf mich zu. Paula kam seit Wochen nicht mehr auf mich zu. Und wenn, dann nur, weil sie aus irgendwelchen Gründen an mir vorbei mußte, an der jeweiligen Stelle, an der ich mich gerade befand, wie an einem Gegenstand, der zufällig, aber störend im Wege stand. Aber jetzt kam Paula direkt auf mich zu. Taktaktak. Sie trug ihren weißen Bademantel. Etwas hielt sie in der Hand. Ich wußte nicht, was, nahm es nicht wahr. Ich schaute nur auf den Ausschnitt ihres Bademantels, der bei jedem Taktaktak aufsprang und den Blick auf die Wölbung ihrer Brust freilegte. Auf die Wölbung ihres Busens, dessen Berührung mir seit Wochen verbotener war, als die Teilnahme am Vatikanischen Konzil. Verboten durch das ungeschriebene Gesetz, daß Paula durch ihre Distanzierung zu mir erlassen hatte.

»Ich denke, das hast du in meinem Zimmer vergessen«, sagte sie. Das Glas, das leere Gin-Glas stellte sie auf den Tisch neben mir. Sie drehte sich abrupt und endgültig um und ging aus dem Zimmer hinaus. Selbst von hinten lag in der Haltung ihrer Schultern wohldosierte Geringschätzung.

Ich hätte ihr erklären können, daß das Staubsaugergetöse mich in ihr Zimmer getrieben hatte. So weit, so gut. Aber ich hatte ihre Papiere durchwühlt. Selbst, wenn Paula das nicht wußte, konnte ich mich nicht mehr verteidigen.

Die sumpfige Stimmung zwischen uns hatte sich materialisiert. Hatte, wie jede Materie, ihre eigene Kraft, ihre eigene Geschwindigkeit entwickelt. Ich war zu müde, um mich gegen diese Kraft und Geschwindigkeit zu stemmen.

Taktaktak machten Paulas Fersen. Auf dem Weg ins Badezimmer. Auf dem Weg ins Klo. Auf dem Weg ins Schlafzimmer.

Wo ich heute nicht hinein wollte. Wieder eine weitere Nacht neben der Frau, die in mir anscheinend nur mehr den Feind sah. Ich hob ein Paar Seiten von Annas Aufzeichnungen auf, um weiter zu lesen. So lange, bis ich endlich müde genug war, um einzuschlafen.

Der Viktor fuhr ein Mädchen an. Und warf es um. Das Moped landete im Graben. Das Mädchen hat es überlebt. Auch er, er kam ganz butterweich zu Fall auf ihrem jugendlichen Körper. Voll Schreck preßte er seine Lippen auf die ihren. So war der erste Kuß vollbracht.

Dann stand er zitternd auf und raspelte recht höflich um Entschuldigung. Das Mädchen beutelte den Staub aus ihren Kleidern und stellte sich als Komarek Jasmine vor.

Sie war so saftig wie der Mai. Worauf in Viktor junge Säfte wallten.

Oh je, das war die erste Hürde!

Weil Hochwallen von Körpersäften meist zuwenig ist: Das Fließenlassen ist mit diesem Kreislauf untrennbar verbunden. An diesem Punkte aber litt der Viktor große Pein.

Verbunden war das Fließenlassen nur mit Seife.

Doch die Jasmine nahm die Zügel in die Hand und wandte sich dem Viktor zu. Sehr körperlich und ob's der wollte oder nicht.

Verdammt! Ihr Körper war schon nahe. Jetzt mußte er doch etwas tun!

Brings hinter dich! Brings hinter dich!

Ich kann nicht, nein, das kann ich nicht. Wo doch die Mutter mich vorm wilden Trieb gewarnt!

Ach Viktor, kneif den Schwanz nicht ein und steck ihn dahin, wo er hingehört.

Au! Au! Es geht nicht! Au, au, au!

Jasmine aber war geduldig und wollte sich die Lustbarkeit noch holen. Und endlich, endlich war's soweit.

Da war der Viktor keine Jungfrau mehr.

Da kam der Viktor drauf, daß das sogar recht lustig war und obendrein noch äußerst praktisch.

Weil er den Samen nicht mehr aus dem Leintuch waschen mußte.

Weil sich Jasmine nach Gebrauch selbst waschen konnte. Was komfortabel ist, erzeugt auch Wohlbefinden. Und trotzdem stand der Viktor seiner Liebsten skeptisch gegenüber. Besonders dem Vergnügen, das sie bei der Lust empfand... Damit war klar: An seine gute Mutter kam die nicht heran.

So manches Plus bescherte ihm Jasmine: Er konnte mit ihr in das Kino gehen, in den Beserlpark, ja, wie es sich gehört, zerdämpfte sie ihm auch Spinat samt Spiegeleiern. Und wusch danach die Teller sogar ab.

Sie war lebendig, lebensfroh. Er war das nicht. So saugte er an ihrer Lebenskraft.

Hervorstechend war jener Vorteil, von dem der Viktor selbst nicht Ahnung trug: Jasmine war so blond wie Weizenbier. Und nichts an ihr, nicht eine kleine Stelle, erinnerte ihn an das ekelhafte Zentrum einer Sonnenblume.

Nur, was so reich an Vorteil ist, birgt auch den Nachteil oft in sich: Jasmin gefiel den Freunden Viktors nicht. Ihr Äußeres entsprach so keinem Ideal. Das nagt. Es tröstete allein der Umstand, daß ihm der Zufall seine Freundin ausgewählt.

Und war Jasmine intellektuell? Er wollte keine dumpfe Freundin haben. Ja, war sie gut genug für ihn? Der Zweifel keimte und nahm überhand. Er wartete, bis daß der erste Zauber grüner Liebe weggeflogen und schon ergab sich eine günstige Gelegenheit.

Jasmine hatte ihn betrogen! Das ihm! Oh nein, verkalkuliert! Das nicht mit ihm! Auch wenn sie noch so herzzerbrechend weinte, auch wenn sie noch so lecker Spiegeleier briet.

Entschlossen kippte er ihr eines Abends die Nachtcreme (reich an Azuleen) und eine Packung Damenbinden in den Schoß.

Sie raffte die Kosmetika und schloß die Türe leise hinter sich, um aus des Viktors Leben zu verschwinden.

Der Viktor aber legte sich auf's Bett, das ungemachte, und weinte herzzerreißend fünf Minuten.

Das schien ihm durchaus angemessen, obligat. Und nach dem Weinen stand er auf, wusch sich die Hände und lagerte das komische Gefühl nach einer Trennung von seinen Tränendrüsen in den Kopf.

So war der Viktor wieder solo.

Ach ja, er mußte eh studieren! Und in den Beserlpark und in das Kino kann man ja auch alleine... Alleine kann man sich auch einen runterholen. (Jasmine hatte ihm das beigebracht.) Dafür benötigte er keine Frau!

Viktor studierte, spielte im Kasino zwecks der Spannung und briet sich manchmal Spiegeleier. Die Pfanne warf er nach Gebrauch stets weg. Des Abends ging er gern mit Freunden auf zehn kühle Bier. Er duschte sich einmal pro Tag.

Er füllte seine Zeit. Sein Leben.

Nach Ablauf eines Jahres aber schien es angebracht, sich wieder einmal zu verlieben.

Die Arabella. Ihr Äußeres entsprach der derzeit gängigen Schablone. Was Viktor sehr entgegen kam. Er wollte keine Freundin mehr, die seine Freunde nicht goutierten. Auch testete er vor Gebrauch der Arabella deren Geistesgaben. Na ja, nicht himmelhoch zum Jauchzen, doch wieder nicht zu Tod betrübend.

Worauf man sich zu Bett begeben konnte.

So freudig überrascht war Viktor selten!

Der Arabella nämlich machte das Geschnacksel keinen Spaß.

Sodaß der Viktor endlich seine Freude daran hatte.

Was logisch ist. Er stand jetzt nicht mehr unter Druck, daß er im Bette was zu leisten hätte. Beim Kopulieren konnten keine Fehler unterlaufen. Der Arabella schien das meiste fehlerhaft, was sich da zutrug auf der Federkernmatratze. Doch ließ sie Viktor gern gewähren: Denn Sexualverkehr gehört zu einer Liaison dazu. Die Zeit dabei war nicht vertan, amortisierbar waren die geschlechtlichen Minuten: Sie konnte währenddessen in Gedanken ein Brieflein an die Mutter vorskizzieren. Oder ein Muster für den handbemalten Seidenschal.

Der Viktor fand die Arabella eine gute Unterlage. Besteigen konnte er die Kühle ohne Streß. Das hätte ruhig weitergehen können, doch: Die Arabella machte einen Strich durch sein Kalkül. Sie angelte sich einen neuen Knaben.

Denn, wo das Feuer niemals lodert, muß ständig frisch gezündelt werden.

So war der Viktor wieder solo. Er legte sich auf's Bett, das ungemachte, und weinte herzzerreißend fünf Minuten. Das schien ihm durchaus angemessen, obligat. Und nach dem Weinen stand er auf, wusch sich die Hände und lagerte das komische Gefühl nach einer Trennung von seinen Tränensäcken in den Kopf.

Ach ja, er mußte eh studieren! Und in das Kino, in den Beserlpark kann man ja auch alleine… Alleine kann man sich auch einen runterholen. Dafür benötigte er keine Frau!

Viktor war vierundzwanzig Jahre und saß auf einem Schuldenberg. Wir wissen: Erst war es die Leere in der Brust, die füllte er mit Spiellust aus. Die wiederum riß ihm ein Loch in seine Tasche. Ein Kreislauf, den er tapfer unterbrach, indem er Geld verdiente mittels Sommerjob: Bevor der Pleitegeier ihn verschlang. Es füllte sich durch diesen Tatbestand auch das Nirwana in der Brust. Mit Arbeit und Erfolg kann man gut Leere füllen.

Jedoch, er war noch immer solo. Die Chronik hat ja schon gezeigt, was nach dem Ablauf eines Jahres fällig war: Die Liebe.

Rund um den Viktor paarte sich's, es wallten Säfte, sproßen Knospen: Kurz, seine Umwelt zeigte ihm, woran er Mangel litt. Und auch die Selbstbefriedigung war auf die Dauer reichlich zäh.

War es denn viel verlangt, was er erträumte: Ein Mädchen! Ein schlichtes Mädchen nur, voll messerscharfem Intellekt. Und auch die Formung der Figur und die Fassade des Gesichtes sollten goutiert von seiner Umwelt sein.

Ach Viktor, laß so große Liebe lieber bleiben!

Das wollte Viktor aber nicht. In dieser Hinsicht war er stur. Jedoch, es lag ihm fern, Ereignisse zu steuern. Er ließ zumeist geschehen, was passierte.

Und da passierte es. Das Schicksal hat es gut mit ihm gemeint. Oder auch nicht. Ganz je nachdem. Er traf die Frau, die ihm in Zukunft seine Leere füllen sollte.

An seidenblauen Sommertag. Kein Zeichen schickte ihm der Himmel, daß dies ein Stichtag der Gefühle werden würde. Ein Sonntag. Er rasierte sich und putzte sich die Zähne. Die Arbeit fehlte ihm und so beschloß er seinen Freund, den Konrad aufzusuchen. Nichts hemmte warnend seine Schritte, als er das Stiegenhaus betrat. Da sah er sie. Sie kam die Stiege aufwärts, die er abwärts schritt. Sie lächelten sich höflich an und Viktor fand ihr Lächeln ausgesprochen appetitlich.

Auch Anna hatte Viktor registriert: Der sah lieb aus! Das mußte sie sofort dem Konrad sagen, den sie an diesem seidenblauen Sommertag besuchte. Der fleischlichen Gelüste wegen, was sie zweimal pro Woche tat.
»Wer war denn das?«
»Wer, wo?«
»Na, der im Stiegenhaus.«

»Ach, der… das ist mein Freund, der Viktor…«

»Mei, der ist aber süß…«

»Nein, nein, der ist ganz öd und blöd!«

»Ganz öd und blöd hat er nicht ausgesehen.«

Worauf die Anna wortlos ihre Hüllen fallen ließ, um zu dem eigentlichen Zwecke des Besuches fortzuschreiten. Was ihr recht lustig war. Sodaß des Viktors Bild am Höhepunkt verblaßte.

Der Viktor traf die Anna wieder. Bei Konrad, wo auch sonst.

An einem seidenblauen Sommerabend. Das Blau war nur ein wenig dunkler als des Morgens. Man ging zu dritt zum Italiener. Der Konrad war nicht sehr erbaut.

Kaum säbelten sie ihre Mozzarellafladen, schon ging der ganze Unsinn los. Genau, wie Konrad es befürchtet hatte. Denn Viktor wie auch Anna klimperten mit ihren Augendeckeln aufeinander ein und stürzten sich in einen Small Talk voller Plattheit.

»Du ißt den Rand von deiner Pizza nicht?« initiierte Anna das banale Wortgefecht.

»Zu trocken ist der Pizzarand in diesen Breiten…«

»Du bist von so verfeinertem Geschmack! …Hm, jetzt wär' Schokolade gut!«

»Ja! Belgisches Konfekt mit Oberscreme und Trüffelpuder!«

»Und Grand-Manier gefüllt! Da werde ich ganz weich…«

Dem Konrad schien der Viktor auch schon weich. Besonders in der Birne. Frustriert bestellte er sich noch ein Achtel Wein; nach seinem Schokoladegusto fragte keiner. Er stürzte sich samt seinem Leid in den Chianti, denn das Gezirpe reichte ihm. Er wollte heim, ihm stand der Sinn nicht mehr nach diesem Sommerabend. Die Anna spürte Konrads dunkle Wellen und mußte plötzlich ohnehin nach Hause.

Wohin?

Zu Kind und Mann!

Wer hätte das gedacht von diesem lieben Mädchen?

Der Viktor nicht. Er fühlte sich der Anna zugeneigt: Sie war so lieb! Ja wirklich, ausgesprochen lieb. Was er dem Konrad brühwarm hinterbrachte. Worauf der kurz, knapp und lakonisch meinte: »Wer, wo? Ach Anna,… Die ist ziemlich öd und blöd…«

So nahm das Schicksal, dieses dunkle, unberechenbare seinen Lauf. Vorerst nur zäh, der Viktor war kein Mann der raschen Tat. Er sah sich selbst als Fatalist und war damit zufrieden. Dies Wort erlaubte ihm zu bleiben, wie er war.

Er tat nichts. Was gefährlich ist: Nicht für den Viktor selbst, mehr für die Spannung der Geschichte. Das muß verhindert werden, rasch. Und dazu bietet sich die Anna an.

Rein äußerlich betrachtet war die Anna so gestaltet, daß sie das hielt, was Weiblichkeit verspricht und oft nicht wirklich halten kann. Es wäre müßig, lang bei ihrem Haarton zu verweilen. Blondiert der Kupferton, doch von Natur? Das Strahlen ihrer Augen, das war echt. Die Frische ihres Körpers täuscht vielleicht ein wenig, denn auf der wohlgeformten Matte, da tummelte sich mancher schon.

Das aber tat der Anna keinen Abbruch. Denn erstens ist dem Reinen alles rein und zweitens hat sie sich verliebt. Ein jedes Mal, bevor sie sich der Hingabe bediente. Dies Wort spricht Bände: Es gibt Frauen, die sich vögeln lassen, ein kleiner Rest, der gibt sich hin. Der letzten Sorte war die Anna zuzuordnen. Darum zog sie nach dem vollzogenen Verkehr die Würde wieder an, genauso wie die Kleider.

Doch manchmal war sie nicht mehr so verliebt, nachdem sie wieder eingehüllt. Dann lachte sie ganz glockenhell, um diesen Tatbestand zu übertünchen.

Die Anna lachte oft und gern!

So ab und an war sie nach dem Verkehr erst recht verliebt. Viel heftiger noch als zuvor. Da wußte sie: Das ist ein Mann, für den es sich zu sterben lohnt! Denn wie die meisten Frauen starb die Anna gerne für die Liebe. In Wahrheit lebte sie für diesen süßen Tod. Traf Anna einen Mann, so stellte sie sich unerbittlich eine Frage: Könnt' ich für diesen wirklich sterben?

Es zeichnet sich hier deutlich ab, daß Anna hochromantisch war und eine Meisterin der Projektion. Wie alle großen Leider dieser Welt. Denn Leid hielt sie für Leidenschaft und Leidenschaft für unabkömmlich.

Sie gab sich unnahbar und kühl. So konnte es zu keiner Nähe kommen, denn diese war mit Angst besetzt. Worauf das Mädchen recht verwundert war, daß man sie ständig mißverstand. Und sie als kühl, unnahbar und darüberstehend deklarierte. Sie fühlte sich ob ihrer Unverstandenheit so ganz allein. Und mußte daraufhin noch unnahbarer sein.

Das zeigt: Die Anna suchte – wie die meisten Frauen – den Erlöser. Der sie entschlüsselte, auch für sie selbst. So war sie ständig auf der Suche, nur manchmal rief sie voller Optimismus aus: »Das ist er! Ahh, jetzt will ich sterben!«

Sie lebte dann doch weiter, denn die Suche schien ihr nicht beendet.

Halt!

Wer stand da hinter einer scharfen Kurve? Schon wieder ein Erlöser! Herr Dr. Moritz Waldner, ein Mann, für den das Sterben lohnend schien. Warum? ...Er hatte stark cholerische Tendenzen, die Anna hielt's für Temperament... ...Er war sehr obsessiv, die Anna hielt's für Interesse...

Da sie den Talmiglanz für Echtheit hielt, gab sie sich kurze Zeit dem Dr. Moritz Waldner hin. Die Zeit war lang genug für eine Schwangerschaft.

Im Morgengrauen wachte ich auf. Mein rechter Arm war taub, pampig, ich spürte ihn nicht mehr. Endlich setzte das Kribbeln seiner Wiederbelebung ein. Meine Mundhöhle fühlte sich an, als befände ich mich im Endstadium einer unheilbaren Krankheit. Rund um mich lagen verstreut Annas Papiere. Auf einigen Blättern war ich eingeschlafen, sie befanden sich in einem ähnlich derangierten Zustand wie ich.

Es war 6 Uhr 30. Ich schleppte mich in die Küche und füllte die Kaffeemaschine mit Wasser. Wankte aufs Klo, ins Bad. Sah meinen Dreitagebart und versuchte genug Energie zu bündeln, um mit dem Rasierer darüberzuscheren. Nein, vorher noch brauchte ich den Kaffee. Die Dusche und das Rasieren konnte ich genau so gut anschließend erledigen, ich hatte ohnehin noch viel zu viel Zeit, um ins Untersuchungsgefängnis zu fahren.

Bei der ersten Tasse Kaffee fiel mir ein, daß heute Samstag war. Nicht ein einziger Klient erwartete mich. Der Tag lag endlos öd vor mir, nur gefüllt mit Paulas angewiderter Verachtung. Am liebsten wäre ich noch für einige Stunden ins Bett gegangen, um dieses Gefühl, einem Kater gleich, aus meinem Körper zu vertreiben. Aber in diesem Bett lag Paula.

Unter der Dusche fiel mir das Datum ein. Es war Samstag, der 27. September. Die Seife glitschte mir aus der Hand und sprang, eine schleimige Spur hinterlassend, über die Bodenfliesen. Tropfend stieg ich aus der Dusche, um sie einzufangen. Es klebten Haare an ihr. Widerwillig ordnete ich zu diesem Datum eine Essenseinladung bei meiner Mutter, die seit drei Wochen vereinbart war und von der ich mich kaum drücken konnte. ...Vielleicht mit der Ausrede einer Grippe, aber das hätte endlose Fragen und gesundheitliche Ratschläge am Telefon nach sich gezogen: Also hatte dieser Tag ein bereits im voraus geprägtes Gesicht, allerdings eines, das mir absolut nicht gefiel.

Paula hatte vor drei Wochen zugesagt, daß sie mitkäme. Ich würde sie keinesfalls fragen, ob es dabei blieb.

Nach der heißen Dusche und einer Rasur, nach der ich aussah, als hätte ich heute meine Weihe als Mitglied einer schlagenden Verbindung erfahren, ging es mir ein wenig besser. Nicht wirklich gut, aber besser. Ich goß mir eine zweite Tasse Kaffee ein und verschanzte mich wieder in meinem Zimmer.

Paula würde ohnehin nicht vor zehn Uhr aufstehen. Aus der Art ihres Taktaktak, aus den Geräuschen, die sie mit ihren Handlungen erzeugen würde, wollte ich schließen, ob es dabei blieb, daß sie mit zu meiner Mutter fuhr.

Ich ordnete Annas Papiere und versuchte die zerknitterten Seiten wieder glattzustreichen. Warf einen kurzen Blick auf einen Zettel, auf dem ich mir beim Lesen Notizen gemacht hatte. Ich konnte meine Schrift kaum lesen, jedenfalls schienen mir meine Bemerkungen jetzt bei Tageslicht ziemlich unsinnig. Ich dachte nach.

Ich dachte nach, warum Anna Kowalskis Aufzeichnungen in mir ein flaues Gefühl hervorriefen.

Zwei Eigenschaften hatte ich ihnen von den ersten Zeilen an zugeordnet, entgegengesetzt allen Erwartungen, wie ich mir die Niederschrift einer Ehe, die – und bewußt verwende ich hier dieses Wort, das ich auch bis heute nicht durch ein anderes ersetzen könnte – die durch einen Mord im Affekt beendet wurde. Mit der einen Eigenschaft kam ich zurecht: Es war die gekünstelte Art, in der die Kowalski schrieb. Ich urteilte nicht, ob es sich dabei um schlechten oder guten Stil handelte. Seit den ersten Zeilen, die Anna mir in ihrem Haus vorgelesen hatte, wünschte ich mir Paulas diesbezügliches Urteil. Ein Wunsch, der von Zeile zu Zeile stärker wurde, erst recht, seit ich die Textseiten selbst las. Dieser Stil hatte für mich den Beigeschmack des... ja, des fast Frivolen. Ich empfand die Art von Annas Aufzeichnungen als ungehörig. Eine Mörderin hatte in schlichten, knappen Worten zu beichten, durchzogen von Reue.

Anna Kowalskis Worte aber waren maniriert. So, als ob sie den Text einer Veröffentlichung bestimmt hätte. Abgesehen davon fehlten ihnen bis jetzt jegliches Bedauern, jegliche Selbstanklage. Eher schien es so, als ob sie sich beim Schreiben durchaus amüsiert hätte...

Anstatt zu leiden... ...Ich gebe es zu. Obwohl sich natürlich mein therapeutisch geschultes Denken dagegen sträubte.

Aber – wie es oft mit Gefühlen geschieht, denen man das Tor eines Eingeständnisses öffnet – sie werden unwesentlich. Der Beigeschmack leichtfertiger Frivolität erschien mir nun lächerlich. Selbst, wenn die Worte der Kowalski streckenweise humorvoll waren.

Denn das waren sie. Es war der sarkastische Humor, den die Dünnhäutigen nötig haben, um sich den Schmerz vom Leib zu halten. Es war der Zynismus, den die Schwachen sich als Maske vor ihr Gesicht halten, um dahinter mit einer Stärke zu kokettieren, über die sie nicht verfügen.

So weit, so gut. Aber damit war das flaue Gefühl, daß das Lesen von Annas Text bei mir erzeugte, nicht wirklich verscheucht.

Ich hörte die Türe des Schlafzimmers quietschen. Paula stand auf. Krampfhaft versuchte ich meiner Verunsicherung auf der Spur zu bleiben; mich nicht durch Paula irritieren zu lassen. Was war es, das ich wegschieben wollte, nicht zulassen konnte? Durch die Jahre der Eigentherapie, durch meine Erfahrungen als Therapeut war ich geschult, beunruhigenden Empfindungen, einem Bluthund gleich, auf der Fährte zu bleiben. Geleitet von dem Wissen, daß diffuse, beklemmende Gefühle nichts mit dem Klienten zu tun haben. Ausschließlich in einem selbst zu finden sind.

Also, noch einmal von vorne: Zwei Kriterien standen für mich – als Leser, als Psychiater – bei den Aufzeichnungen der Kowalski dominant im Vordergrund. Erstens: Ihr manierierter Stil. Gut, dieser Punkt war abgehakt. Mein diesbezüglicher Knoten hatte sich gelöst. Mir blieb nur mehr die Frage, warum die Kowalski überhaupt einen Stil gewählt hatte, als sie die Aufzeichnungen niederschrieb. Und selbst da schien mir die Antwort naheliegend: Weil die Verfremdung eine Distanzierungsmöglichkeit bot, einen weiteren Selbstschutz.

Zweitens: Jeder Satz der Kowalski, jeder Gedanke war rationalisiert, zerlegt. Jedes Gefühl, jede Begebenheit in einen Kontext aus Ursachen und Erfahrungen gebracht. In einen analytischen Kontext.

Und das war es, was mir gegen den Strich ging.

Der Kaffee in der Tasse war schon kalt. Ich stand auf und öffnete das Fenster. Frische, kühle Morgenluft drang in das muffige Zimmer, in mein muffiges Hirn, das gerade widerstrebend versuchte, eine Tatsache zur Kenntnis nahm: Wie unangenehm es mir war, daß die Kowalski die Fähigkeit besaß, Motivationen zu entschlüsseln, sie in die logische Abfolge von Zusammenhängen zu bringen.

Es war nicht die Eitelkeit, weil schließlich ich der Therapeut war... Nein.

Paulas alles andere als freundliche Stimme zerschnitt meine Gedanken. »Wir können in einer Stunde fahren.« Sie war so schnell wieder aus dem Zimmer draußen, daß ich ihr keine Antwort geben mußte. Aber erleichtert war ich: Wenn sie mit mir den Besuch bei meiner Mutter antrat, dann – zumindest kombinierte ich so – dann dachte sie wenigstens noch nicht an Scheidung.

Diese Angst saß mir seit einigen Tagen im Nacken. Paula war mir so fremd geworden, daß mir ihre Absichten nicht mehr einschätzbar waren.

Gereizt nahm ich meine Überlegungen wieder auf. Die mit Anna Kowalskis klaren, rationalisierten Aufzeichnungen zusammenhingen. Was mich aus der Bahn warf.

Denn mein ganzes Leben bezog seine Sicherheit daher, daß ich meine Gefühle im Griff hatte. Daß mein Verstand die Wirrnisse der Empfindungen rasch und effektiv zu entschlüsseln wußte, daß meine Ratio die Gefahren von Emotionen unschädlich machen konnte. Die Gefahren spontaner Emotionen. Daß ich Kraft meines Denkens die Zügel eisern in Händen hielt: Sodaß nicht heftige Empfindungen die Oberhand gewannen, um mit mir orientierungslos davonzugaloppieren.

Cogito, ergo sum.

Das Handeln ohne Denken überlasse ich den anderen: Denen, die im Affekt morden.

Aber die Kowalski hatte im Affekt gemordet. Und war trotzdem fähig, ihr Denken einzusetzen. Schonungslos. Das machte mir Angst. Denn die Sicherheit, die ich für mein Leben als absolut betrachtet hatte, geriet dadurch gefährlich ins Wanken. …Andererseits: Die Aufzeichnungen waren nach dem Mord niedergeschrieben worden…

Ein fadenscheinige Trost.

Vielleicht täuschte ich mich? Vielleicht war der Text der Kowalski alles andere als analytisch? Vielleicht war er einem verwirrten Hirn entsprungen, das keinen anderen Ausweg mehr sah, als darauf los zu schreiben? Also zog ich noch einige Seiten aus der grauen Mappe; nahm wieder den Stift zur Hand, hielt ihn gezückt für rationalisierende Betrachtungen, die ich auf meinen Notizblock schreiben würde und an denen ich mich festhalten konnte.

…Handelte Viktor endlich, dieser zumselige Typ? Bringt er ein wenig Schwung ins stockende Geschehen ? Gab er sich endlich einen Tritt in seinen feinnervigen Arsch, um sich die Stolze zu erobern?

Bedauerlicherweise, nein. Er sulzte fad und fatalistisch vor sich hin.

Weshalb wir nochmals kurz bei Anna weiterweilen. Sie lebte nicht von Luft und Liebe, Sterben-Wollen, Schwangerschaft und Mutter-Sein allein. Sie hatte zudem einen Brotberuf und keuchte unter doppelter Belastung. Die wollte sie – ganz typisch für die Frauen dieser Zeit – mit Moritz Waldner gerne teilen. Er wollte sich davon nichts nehmen. Was wiederum belastend für die große Liebe war. So lebte sie alsbald in wilder Ehe, in der die Fetzen flogen, daß es eine Freude war. Zwei Jahre war ihr kleiner Sohn, der auf den Namen Kolja hörte.

Klar ist, die Anna brauchte einen Spaß im Leben. Den sie mit Konrad zweimal in der Woche fand.

So weit, so gut, und wär's auch so geblieben.
Wenn nicht der Viktor ihr im Stiegenhaus erschienen wär.
Denn in der Anna schwoll die neue, alte Sehnsucht: Sie
wollte wieder einmal für die Liebe sterben.

Geh Viktor! Du bist Hauptprotagonist! Wie kannst du da-
bei so passiv und träge sein? Reiß dich am Riemen, hopp,
hopp, hopp! Gefällt dir denn die Anna nicht?
Oh doch! Ausnehmend gut gefiel sie ihm. Doch einerseits:
Je göttlicher das Weib, je unerreichbarer ihr Leib. Und abge-
sehen: Konrad war stets mit von der Partie. Dem Viktor war
die Chose zu gefährlich, die Anna schien ihm unerreichbar.
Ach ja, sie lächelte so lieb.
Er lächelte so lieb zurück.
Viel Lächeln aber macht noch keinen Frühling.

Verdammt! Wenn nur sein Freund, der Zufall ihm zu Hilfe
käme. Und wie's der Teufel will, der Zufall kam.

Denn Anna stand der Sinn nach Spaß im grünen Nahbe-
reich der Stadt: Ein Achterl Wein beim Heurigen vertreibt
den Druck der doppelten Belastung. So flötete sie in des Viktors Ohr, bis daß sich dieses rot erhitzte. Er flüsterte benom-
men: »Zum Heurigen... und ich darf mit?«
»Ja«, hauchte Anna, »Konrad kommt ja auch...«
Ein Hoch auf die Gemütlichkeit!

Hier mag man sich mit Fakten nur begnügen, ein wenig
sich mit Phantasie behelfen. Es wäre schade um Papier.
Der Anna war es schwer um's Herz bei dieser Heurigenpartie. Weil sie nicht wußte, ob sie Viktor oder Konrad ihren
Körper offerieren sollte. Am liebsten hätte sie des Nachts danach gleich beide in ihr Bett genommen. Bedauernswert, ein
so ein hartes Los.
Dem Konrad war es schwer um's Herz. Er ahnte schon den
drohenden Verlust der Anna.

Dem Viktor war es schwer um's Herz. Er wollte nicht die Chancen zu Beginn verspielen.

Sehr spannend jetzt. Denn wer kriegt wen? Und was treibt eigentlich der Moritz Waldner in der Zwischenzeit?

Die Heimfahrt brachte die Entscheidung. Denn Viktor und die liebe Anna verfielen in ihr dämliches Gezwitscher. Bis es dem Konrad reichte und er ein Opfer der nervösen Peristaltik wurde. Erleichterung fand er in der hygienischen Toilettanlage eines Heurigenlokals. Danach verduftete der Konrad und hetzte mittels Autostopp der dringlichen Erhöhung seines Selbstbewußtseins zu: Er kannte ja noch viele Mädchen! Schnell hin zu einer, drauf auf sie! Er würde es der Anna schon noch zeigen!

Jetzt war die Bahn für Viktor frei. Ergriff er endlich die Gelegenheit? Nein, leider nein. Die Angst vor Annas Weiblichkeit saß ihm im Nacken, sie kraulte ihm den Hinterkopf.

Die Anna wiederum war viel zu stolz, um animierend einen Schritt zu setzen. Und ihm den Fehdehandschuh erster Lieb' zu reichen.

Das Spiel war spannend, außerdem.

Zu schneller Sieg ist fad und hintendrein kommt Leere.

Fünf Tage nach der Heurigenpartie traf sich der Konrad mit der Anna beim Chinesen. Auf Rippchen, süßsauer nach Sezchuan. Voll milder Überlegenheit geglückter Rache gab Konrad kund, daß zwischenzeitlich er ein andres Mädchen zugeritten. Er wollte den Triumph auskosten! Hat ihm die Anna den gewährt?

Oh nein. Nicht Anna. Denn sie teilte niemals eine Kränkung mit.

»Na, wenn's dir Spaß macht«, lachte sie und tunkte fettgebackene Bananen in ölig-süße Honigsauce.

»Und außerdem gefällt mir eh der Viktor besser! ...Nur stellt er sich so dösig an. Was soll ich machen Konrad, hilf! Du bist mir so ein guter Freund...«

Höhnisch versuchte Konrad das Ersuchen abzuweisen. Doch Anna bot noch einmal ihren weichen Körper als Matratze an. Das zeigt, was Weiberherzen doch für Mördergruben sind. Und so versuchte er ihr als ein wahrer Freund zu helfen. Aber dem Viktor seiner Zauderei war schwerstens beizukommen. Er raspelte nur weiter Süßholz, gab aber keine Richtung vor.

Sie trafen sich zwar immer öfter, doch war der Ausgang ihrer Rendezvous recht kalkulierbar mit der Zeit. Beim Abschied warfen sie sich stets weidwunde, tiefe Blicke zu. Schon schritt der Herbst mit welkem Laub ins Land. Sinnierend fragte sich die Anna, ob's ihrer Reize wohl zu wenig seien. Worauf sie diese steigerte voll weiblichem Raffinement. Fazit: Noch scheuer und gehemmter wurde Viktor. Noch höher wurde daraufhin der Östrogeneinsatz, den Anna in das Spiel einbrachte. Als Folge räumte sich der Viktor noch weniger der Chancen ein.

Ende Oktober sagte sich die Anna, daß solche Trauben ohnehin nur sauer sind. Der Viktor hatte sie noch nicht einmal geküßt! »Ach«, dachte sie, »er ist so lieb, ich will mit ihm ja gar nicht mehr ins Bett...« Das war ihr noch nie zugestoßen! Es lohnte sich für diesen Mann sogar, ganz ohne lustvolles Präliminarium zu sterben! Und weil gewöhnlich neue Kenntnisse zu Unrecht hochgewertet werden, befand die Anna ohne Test, daß Viktor wirklich der Erlöser sei.

Der Viktor seinerseits fand nicht Erlösung von dem drückenden Gefühl, daß von ihm was erwartet wurde.

Da endlich schafften es die beiden! Der Akt schien ihnen voller Süße.

...Wer jahrelang sich fürchtet vor Atomes Bombe, wird dankbar sein, wenn sie schlußendlich detoniert...

Jetzt endlich schmolz der Viktor hin in Annas Armen, wie feinste Schweizer (sonngereifte) Schokolade. Jetzt endlich schmolz die Anna hin in Viktors Armen, wie feinste Schweizer (sonngereifte) Schokolade.

Das Ende vom Verschmelzen war, daß sie fest aneinander klebten. Nur hätten sie es nie und nimmer so benannt: Weil es ja doch die große Liebe war.

Sie sehnten die Verschmelzung öfter noch herbei!

Ja, warum sehnten sie denn nur? Die Sache war doch schon geritzt? Nicht bei den beiden Hauptakteuren. Sie spielten dieses sonst so leichte Spiel voll bittersüßer Schwere.

»Duuu Anna...«

»Jaaa, mein Viktor, was?!?«

»Duuu...«

» Ja?«

»Ach Anna, ach, du bist so anders, als die andern... Mein Leben lang hab' ich gewartet nur auf dich...«

»Ja Viktor, du bist auch so lieb. So feinnervig und so sensibel. Wie appetitlich du dein Schnitzel ißt!« Das eben wollte Anna gar nicht sagen. Sie wollte wissen, ob der Viktor Zeit am Sonntag hätt'. Weil sie, obwohl sie grad in seinen Armen lag, schon wieder solche Sehnsucht nach ihm hatte. Doch was, wenn Viktor sie nicht nochmals sehen wollte? Nur nicht zu aufdringlich erscheinen, nur keinen Fehler machen gleich zu Anbeginn. Sonst ist der Liebste wieder futsch, kaum ist er da.

»Duuu Anna...«

»Was denn Viktor...?!?«

»Tja, was ich sagen wollte... Ist das ein schöner Sternenhimmel! Funkelt da nicht der große Bär?« Das eben wollte Viktor gar nicht sagen. Er wollte wissen, ob die Anna Zeit am Sonntag hätt'. Weil er, obwohl er grad in ihren Armen lag, schon wieder solche Sehnsucht nach ihr hatte. Doch was, wenn Anna ihn nicht nochmals sehen wollte? Nur nicht zu aufdringlich erscheinen, nur keinen Fehler machen gleich zu Anbeginn. Sonst ist die Liebste wieder futsch, kaum ist sie da.

Was machen zwei so Würstchen nur, die sich nie deklarieren wollen? Aus Angst sich einen Korb zu holen?

Sie machten nichts. Sie tanzten einen Eiertanz... Sie hatte Hunger, wollte dies nicht sagen, vielleicht war Viktor satt, mäh mäh? Er wollte seine Liebste küssen, wollt' nicht fragen, vielleicht stand ihr der Sinn gar nicht danach? So mancher Kuß ging ungeküßt vorüber, so mache Liebe wurde nie gesagt.

Was dachten sich die zwei dabei? Hielten sie sich – zumindest gegenseitig – für gestört?

Im Gegenteil! Sie schätzten es, daß das geliebte vis-à-vis zurückhaltend, nicht fordernd, feinfühlig, sensibel war.

Weil Anna ihren Viktor überaus sensibel fand, erblühte dieser wie gedüngt. Nicht unlogisch, da der sich nun erkannt fühlte in seinem tiefsten Kern. Und dafür wollte er ihr danken: Er stellte sie auf einen Sockel und kniete sich zu ihren Füßen in den Staub. »Warum nur hast du dich in mich verliebt? In einen solchen Idioten...?«

»Geh Viktor, sag doch nicht so dummes Zeug. Für mich bist du der Größte und der Beste! Ein Held bist du, wie... wie... «

Hier unterbrechen wir das peinliche Gestammel. Auch sei zu Annas Ehrenrettung hingewiesen, daß sie auf diesem hohen Sockel niemals stehen wollte. Die Luft da oben war ihr viel zu dünn. Mit Angst bekam sie es zu tun und dementierte heftig diese Größe. Die Selbstzerfleischung ihres Liebsten schien obskur.

Recht hatte sie: Das dicke Ende sollte kommen. Doch davon erst zu seiner Zeit. Jetzt zog sie ihn empor zu sich auf das Podest. Sie sonnten sich gemeinsam in der Größe.

Woran erkennbar wird, wie dringend dieser Größe sie bedurften.

War das ihr ganzer Zeitvertreib? Oh nein: Sie preßten alles, was sie an Gefühlen innehatten, aus sich heraus und legten es sich gegenseitig vor die Füße. In den Staub. Hin in den Dreck, tritt drauf mein Liebster, zerquetsch es, Liebste, ohne dich ist es nichts wert.

Sie deflorierten ihre Psyche und drückten sich Gefühle aus
wie andere Furunkel.
Ja, ist den beiden gar nicht mehr zu helfen? Denkt an die
Zukunft! Was ist, wenn eure Liebe schmilzt, wie feinste
Schweizer (sonngereifte) Schokolade?
Nie wird uns das passieren! Nie! Nie! Nie!

Die Autofahrt war unerträglich. Schweigen, gesättigt mit
ungesagten Gefühlen. Auch früher, wenn Paula und ich gestritten hatten, wurde meine Spannungen umso unerträglicher,
je kleiner der Raum war, der mich samt meinen Verletzungen
gefangenhielt. ...Ein Hotelzimmer in Paris, in welchem wir
uns über irgendeinen Unsinn derart in die Haare geraten
waren, daß wir eine frühzeitige Heimfahrt am nächsten Tag
erwogen. ...Die winzige Küche unserer alten Wohnung: Paula schrie auf mich ein, kam immer mehr in Rage und beschuldigte mich plötzlich einer ganzen Reihe von Vergehen, die
doch mit dem unseligen Vorfall, dem Auslöser ihrer für mich
so willkürlichen Angriffslust in keinerlei Zusammenhang
standen. Währenddessen kauerten wir wie Schiffbrüchige auf
dem Küchentisch, denn der gesamte Fußboden der Wohnung
stand knöcheltief unter Wasser. Seit Wochen sickerte ein
Abfluß im Badezimmer, zuerst nur ein spärliches Getröpfel,
dann ein armseliges Rinnsal, Tage später bereits ein milder
Strahl, der aber nur am Fliesenboden des Badezimmers kleine
Seen gebildet hatte. Einmütig ignorierten wir den lästigen
Tatbestand, endlich rächte sich unser Fatalismus, denn als wir
eines Abends nach Hause kamen, war der milde Strahl zu
einem Wildbach mutiert und eiskaltes Wasser weichte Fuß-
böden und Teppiche auf. Paula kreischte immer schriller, riß
das tropfende Telefon vom Boden hoch und flüchtete in die
Küche. Beschuldigte mich schreiend, daß ich seit Tagen versprochen hätte, das Gebrechen reparieren zu lassen. Ließ vor
Hysterie den Hörer in die Wasserflut fallen, sodaß, nachdem
ich den Hörer herausgefischt hatte, keine Verbindung zur

Außenwelt mehr möglich war. Ich versuchte sie mit sachlichen Worten wieder zu Verstand zu bringen. Vernünftigerweise wollte ich die Wohnung noch einmal verlassen, um von einer Telefonzelle den Installateur zu verständigen; Paula aber brüllte nur umso lauter, sie wurde völlig irrational, sodaß sie mich letztendlich beschuldigte, flüchten und sie samt der Katastrophe im Stich lassen zu wollen.

Die Küche war verdammt klein, um die Spannung wieder abzubauen. Genauso, wie dieses Hotelzimmer in Paris.

Aber nichts kam der klaustrophobischen Panik gleich, die mich erfaßte, kaum daß Paula neben mir im Auto saß. Ein Auto mag ein Faradayscher Käfig sein und seinen Insassen Schutz vor der elektrischen Spannung elementarer Naturgewalten bieten. Aber dieser Blechkäfig läßt auch keine tödliche Aufladung nach außen.

Ich war immer selbstbeherrscht. Ich gebe zu, das gab mir stets eine gewisse Überlegenheit. Allerdings bedurfte ich während der Fahrt dringend dieser unangreifbaren Souveränität. Ich brachte Paula eine nicht antastbare, neutrale Höflichkeit entgegen. Mochte sie in die untersten Sphären abgeschmackter Allerweltsehen absteigen, mich sollte sie nicht mit hinabziehen. Ich hatte mich in der Hand, eine geduldige Gelassenheit würde mich vor einem Abdriften in abgeschmackte Spielchen retten.

Mein Denken hatte mich bis jetzt vor der Peinlichkeit affektgeladener Entladungen behütet. Mich vor Bloßstellungen bewahrt, die mir eine Zukunft mit Paula noch schwieriger gestalten würden.

Ein paar Synapsen schalteten sich ohne meine Aufforderung kurz. Legten einen Gedanken frei: Eine unwillkommene Verbindung zu Annas Aufzeichnungen. Da war es wieder, dieses flaue Gefühl.

…Auch Paula gab sich penetrant entspannt. Der Druck in mir verstärkte sich, mein Magen preßte sich zu einer festen Kugel. Paula trug ein Kleid, das ich noch nie an ihr gesehen hatte: Ein ganzer Haufen wilde Volants in Rot, Grün,

Weiß. Die vitale Ausstrahlung ihrer Erscheinung verhöhnte mich.

Sie wirkte wie die Darstellung eines ungarischen Bauernmädchens, das diese Rolle auf einer Messe zu spielen hatte. Fast ahnte ich ein Parfüm nach Paprika und Knoblauch an ihr.

Wir krochen lahm durch den Samstagmittagverkehr, krochen die Ausfahrtsstraße entlang, krochen selbst auf der Stadtautobahn dahin. Wortlos. Paula blickte stur geradeaus und zündete sich eine Zigarette an. Was ich als Affront empfand, sonst rauchte sie im Auto nicht. Ich gestattete meiner nervösen Gereiztheit kurzfristige Entladungen, indem ich mein Wagenfenster aufschob, zuschob, aufschob, zuschob. In zeitgerafften Intervallen. Aber an Paulas genußvoller Entspanntheit glitt meine Geste der gerade noch beherrschten Langmut ab; je mehr ich mich innerlich echauffierte, desto selbstzufriedener empfand ich ihre stoische Gleichmut, die auf mich so provokant wirkte. Ein paarmal streifte sie ihre Asche beim Fenster hinaus, was mich besonders nervte, da die Asche durch den Fahrtwind auf die Hintersitze getrieben wurde. Ich revanchierte mich, indem ich meinen Daumen am Hebel des elektrischen Fensterhebers gedrückt hielt, sodaß die Scheibe in rasender Geschwindigkeit auf- und absurrte. Nun endlich war die Zigarette abgeraucht. Paula öffnete den Aschenbecher in der Mittelkonsole und malträtierte den Stummel voll konzentrierter Bedachtsamkeit. Plötzlich beugte sie sich nach vorne, studierte mit dargestelltem Interesse den Inhalt des Aschenbechers und nahm mit zwei spitzen Fingern eine Kippe aus dem Ascher: Eine weiße Kippe mit Spuren von dunkelrotem Lippenstift. Sie begutachtete den Stummel demonstrativ. Es war eine der unzähligen Zigaretten, die Anna Kowalski auf der Fahrt zu ihrem Haus geraucht hatte.

»Ach«, sagte sie und dann kam eine kunstvolle Pause, sie drehte währenddessen den Filter grazil nach allen Seiten, »wer ist denn die reizende Dame, der es gestattet ist, in deinem geheiligten Wagen zu rauchen...«

Nicht, daß ich mich plötzlich nicht mehr in der Hand gehabt hätte. Aber Paulas Worte und ihr Tonfall – so affektiert wie der einer abgetakelten Salondame in einem miesen Boulvardstück – gaben mir endlich die Genehmigung, feindosiert meine Aufladung im Wageninneren abzugeben. Ich ließ mein Fenster wieder im Höllentempo nach unten sausen. Der Fahrtwind zerfledderte die Samstagzeitung, lose Blätter wirbelten durchs Wageninnere.

»Du hast ja wirklich allen Grund, eifersüchtig zu sein...«, sagte ich sarkastisch. Mein rechter Arm versuchte die aufgescheuchten Seiten einzufangen.

Paula blieb unberührt sitzen, sie fühlte sich eindeutig nicht zuständig für das Chaos. Der Wagen schlingerte, irgendwer hupte. Ich versuchte Wagen, Zeitung, Magennerven unter Kontrolle zu bekommen.

Meine Frau war wieder in ihren gelöst-katatonischen Zustand verfallen. Ich hatte mich ohnehin nicht eine Sekunde der Hoffnung hingegeben, daß sie tatsächlich eifersüchtig sei. Aber ihre unbeteiligte Haltung und meine klaustrophobische Anspannung brachten mich zum Kochen. Sodaß ich sie – für mich selbst unvermutet und auch jetzt, in der Erinnerung, noch demütigend – anschrie:

»Wir fahren zurück! ...Damit du...,« meine Stimme kippte tatsächlich ins Hysterische, »...damit du dir einen Fick von deinem Germanistikstudenten verpassen lassen kannst.« Pause. Sehr lange Pause. Dann:

»Welchen Germanistikstudenten?« fragte sie. Würdevoll und kühl.

»Welchen?« brüllte ich und flehte mich selbst um mehr Abgeklärtheit an; empfand mich als lächerlich und dadurch noch mehr preisgegeben. Aber etwas in mir, etwas, von dem ich bislang nicht einmal wußte, daß es in mir lebte, gab Sätze von mir, die ungefiltert jeglicher Reflektion waren. »Welchen, welchen, welchen!?« kreischte ich hysterisch. (Hysterische Männer... für wie lächerlich habe ich sie – zwar gut getarnt, aber nichts desto trotz – bislang empfunden) »...Dein göttlicher Hengst, der es dir besorgt. Der es dir ja so göttlich besorgt. ...Heißt er nicht Theobald?« setzte ich bösartig hinzu, so als ob mir der Name gerade wieder eingefallen sei.

Ein fast belustigtes, trockenes Lachen meiner Frau stellte mich ruhig. »Ach, Theo... Er ist kein Student; er ist Fußballer.«

Mein Fuß trat das Gaspedal durch. Nur ein Reflex. Der andere blockierte die Bremsen, ein zweiter Reflex. Reifen quietschten. Mein Wagen raste auf den Pannenstreifen. Schlitterte noch ein paar hundert Meter weiter, dann endlich reagierte mein Fuß, reagierten die Bremsen. Paula hatte beide Hände am Armaturenbrett aufgestützt. Die verkrampfte Haltung ihrer Finger verriet, daß sie Angst hatte. Nichts mehr an ihr von der gleichmütigen Gelassenheit.

»Fußballer?« Meine eigene Stimme klang mir verzerrt in den Ohren. »Er ist FUSSBALLER?«

»Ja«, sagte Paula.

»Fußballer«, stellte ich noch einmal klar. Hoffte noch immer auf ein erlösendes Dementi. Neben uns zischten auf drei Fahrspuren Autos vorbei. Paulas Stimme klang amüsiert.

»Ja, Fußballer... Darf ich fragen, was dich daran so in Rage bringt?«

Ich schlug mit beiden Händen auf das Lenkrad, hatte aber wenigstens meine Stimme wieder in Gewalt. »Das fragst du mich im Ernst? Du vögelst mit einem Mann, mit dem du nicht einmal drei gerade Worte wechseln kannst... Oder willst du mir nun erklären, daß er der erste intellektuelle Linksaußen der Fußballgeschichte ist... Du läßt dich von einem verschwitzten Vollidioten ficken, der dir sein stinkendes Schweißtrikot...«

»Fußballer duschen. Genauso wie du. Und es tut mir wirklich von ganzem Herzen leid, daß ich dich derart enttäusche: Ich vögle mit ihm. Mit einem Intellektuellen bin ich ja bereits versorgt... ...Wir sollten jetzt weiterfahren, sonst kommen wir zu spät.«

Ich war erschlagen. Absolut willenlos. Ein paar fette Tropfen klatschten auf die Windschutzscheibe. Dieses hilfreiche Fluidum, das ich im Therapeutenjargon als Selbstschutz bezeichne, dämpfte die Aufgewühltheit meiner Gefühle. Ich warf Paula einen kurzen Blick zu. Voll Haß stellte ich fest, daß ihre Körperhaltung reinste Zufriedenheit ausstrahlte. Womit, verdammt, womit?

Ich schaltete ab, lenkte den Wagen wieder auf die erste Spur.

Die drei Stunden bei meiner Mutter gingen irgendwie vorbei. Mechanisch erfüllte ich die immer gleichen Floskeln meines monatlichen Besuches. Paula setzte mich in ein permanentes Unrecht durch die freundliche Leichtigkeit, mit der sie mit meiner Mutter plauderte. Von diesem Pflichtbesuch blieb mir nicht viel in Erinnerung; ich weiß nur noch, daß auf meinem Teller der übliche Kalbsbraten lag und wie stark die rosa Kopfhaut meiner Mutter durch ihre weißen, dünnen Löckchen schillerte. Was mich während des Essens auf eine unerklärliche Art aggressiv machte.

Auf der Heimfahrt sprachen Paula und ich nichts mehr. Ich wußte auch nicht, worüber wir hätten sprechen sollen. Meine Gedanken befaßten sich seltsamer Weise überhaupt nicht mit Paulas Offenbarung. Ich grübelte nur ständig, warum es heute, jetzt, ausgerechnet hier, regnete.

Obwohl mir das im Grunde vollkommen egal war.

Am Dienstag der darauffolgenden Woche fand Anna Kowalskis nächster Termin bei mir statt. Noch bevor sie klopfte, machte ich uns beiden je eine Tasse von dem gräßlichen Kaffee, der aus der verrosteten Maschine traurig in die Tassen tröpfelte. Ich ging in der Zwischenzeit zum Fenster und öffnete es, lehnte mich ans Fensterbrett und ergab mich wieder der ungesunden Hingezogenheit zu der verkrüppelten Linde. Aus einem der unteren Stockwerke hörte ich Tellerklappern, in meiner Phantasie roch ich den faden Geruch des Anstaltsessens.

Ich schenkte den Kaffee in zwei Tassen, stellte eine Tasse auf die Platte meines Schreibtisches, dorthin, wohin die Kowalski ohne Mühe greifen konnte. Setzte mich an meinen Platz und wartete. Ließ meinen Kaffee kalt werden. Überlegte, ob ich ihren warm stellen sollte, wußte aber ohnehin nicht wie. Ich wollte Anna Kowalski bereits im vorhinein besänftigen. Weil mir das schlechte Gewissen zusetzte, daß ich in ihren Aufzeichnungen ohne ihr Wissen gelesen hatte.

Seit dem Tag, an dem ich mit Paula zu meiner Mutter gefahren war, hatte ich die graue Mappe nicht mehr geöffnet. Nachdem ich wieder zu Hause war, hatte sich das Fluidum des Selbstschutzes zu einer starren Haut abschirmender Lethargie verdichtet, die meine Empfindungen bis heute dämpfte. Ich wollte nicht einmal mehr in den Aufzeichnungen der Kowalski weiterlesen, ich wollte aber auch nicht nachdenken. Über Paula. Über die Tatsache, daß sie es sich ausgerechnet von einem Fußballer besorgen ließ. Und schon gar nicht darüber, was das für mich bedeutete. Warum mich dieses Faktum derart beunruhigte; und was dieser Beruf für mich symbolträchtig implizierte. Ich fühlte mich bedroht, fühlte mich abgewertet.

Die Kowalski wirkte immer noch krank. Geschwächt. Und vor allen Dingen: Defensiv. Ihr Lächeln war heute absolut unpersönlich, es war das Lächeln, das hinter einer gefälligen Geste nichts preisgibt. Sie war heiser, bedankte sich mit unverbindlicher Höflichkeit für den Kaffee und vor allen Dingen: Sie fragte erstmals, ob mir das Rauchen lästig sei.

Natürlich sagte ich nein. Und begann mir Sorgen um sie zu machen. Um ihre psychische Konstitution. Das, was ich nicht für möglich gehalten hatte, schien eingetreten: Die Haftbedingungen, auch, wenn es sich einstweilen nur um die – immer noch erleichterten – Bedingungen der Untersuchungshaft handelte, begannen ihre Wirkung zu entfalten. Trotzdem eröffnete sie unser Gespräch alles andere als defensiv.

»Sie haben natürlich weiter gelesen...«

»Ja«, sagte ich. Überlegte, ob ich mich rechtfertigen sollte. Sie schien aber nicht getroffen, fast war es so, als hätte sie das erwartet.

»Anna«, sagte ich und suchte nach Worten, »bevor Sie heute weiterlesen, muß ich Sie etwas fragen: ...Wenn Sie Viktor auf eine einzige Eigenschaft festlegen müßten, auf die Eigenschaft, die Ihnen an seiner Persönlichkeit am hervorstechendsten ins Auge springt... Welche Eigenschaft würde Ihnen dann als erste einfallen?«

Sie rauchte konzentriert. Streifte zweimal die Asche am Rand des Untertellers ab, den ich ihr immer für diesen Zweck hinstellte. Sah dem Rauch nach. Ihr Schweigen dauerte. Dann sagte sie:

»Kalt. Viktor war kalt. Und die Kälte kam daher, daß er nie spontan reagierte. Jede Geste, jeder Blick, jedes Wort, ja, jede Handlung fanden ihren Weg nach außen nur nach einer Freigabe seines Denkens. Nie sprach er, was ihm einfach in den Sinn kam. Er filterte, zensierte jede Regung, schickte sie aus dem Bauch in sein Hirn; erst dann ließ er seine Worte los, gab ihnen die Freiheit. ...Selbst, wenn Viktor seinem Gegenüber ins Gesicht, sehr selten aber in die Augen blickte, schien es, als habe er vor diesem Blick kalkulierte Überlegungen angestellt. Den Blick im vorhinein berechnet: Zu welchem Zweck, aus welchem Grund, mit welcher Konsequenz... Nie tat Viktor etwas Unüberlegtes; seine Handlungen waren voll geschützter Vorsicht, vielleicht hatte die Kalkulation ihren Ursprung ja wirklich in seiner Unsicherheit. ...Aber dadurch, ja, dadurch wirkte er kalt, leblos. Und die Dinge, die er tat, die er sagte, seine Blicke, wirkten losgelöst von seinen Gefühlen. Sie hatten einen zu weiten Weg zurückgelegt, um noch als echt empfunden zu werden. Künstlich war alles, was er nach außen brachte. Entleert, ...entleert von der Seele.«

Ich trank den Rest meines kalten Kaffees. Das flaue Gefühl in meinem Magen; ich hoffte, daß es tatsächlich vom Kaffee kam.

»Gut«, sagte ich. »Noch eine Frage...«

Die Kowalski seufzte. Sie wollte nicht sprechen. Nun verstand ich, daß auch sie ihren Selbstschutz hatte, daß es dieses Manuskript war, hinter dem sie sich einstweilen noch verstecken konnte. Zwar gab sie Viktors Geschichte, Teile ihrer Geschichte und durchaus auch Einblicke auf ihre Art der Einschätzungen preis; sie verriet manches, durchaus Notwendiges, aber immer über die Entfremdung eines stilisierten Textes.

»Fragen Sie«, sagte sie müde und zog die graue Mappe zu sich heran.

»War es diese Kälte, die Sie von Viktor entfremdet hat?«

Anna lachte laut auf. Zündete sich wieder eine Zigarette an, beugte sich nach vorne und sah mir direkt ins Gesicht. Ihr Blick war von anrührender Ehrlichkeit, nur ihre Stimme hatte nun den sarkastisch-bitteren Tonfall, den ich von Paulas Stimme auf der Autofahrt noch so unerbittlich im Ohr hatte:

»Dr. Jost, es war diese Kälte, die mich von Viktor entfremdete. Und es war auch dieselbe Kälte, warum ich Viktor umbrachte... Ist Ihre Neugierde nun gestillt?«

Ich nickte. Plötzlich sah ich mich von außen, wie ich dassaß: Die Ellbogen aufgestützt auf meinem Schreibtisch, meine Finger massierten meine Schläfen, die Daumen hielt ich zu beiden Seiten meines Kinnes aufgestützt. Das war nicht die Haltung eines Therapeuten.

In Wahrheit versteckte ich mein Gesicht vor Anna Kowalski.

Oder vor Paula. Wer weiß?

...Viktor und Anna: Noch ist's die Zeit der ersten grünen Liebe. Und wie es sich dafür gehört, schliefen sie gern einander bei.

Wie das? Wie das beim Viktor, im Speziellen? Zum Einen, weil er Anna nicht vergrämen wollte, ihr machte dieses Spiel Pläsier.

Zwar war des Viktors Trieb durch sein Gewissen schlecht bestrahlt. Die Medizin dagegen aber war die Anna. Denn sie war ja in seinen Augen so hoch oben, daß der Vollzug mit ihr fast eine Heilige Handlung schien. Die Wollust war ihm Opfergabe an die Göttin, die er aus Anna selbst erschaffen hatte. Fast war es eine Messe in dem weißen, unbefleckten Bett.

Und wenn die Anna ihm gar einen blies, dann kniete sie vor ihm. Das tat ihm gut, es steigerte des Viktors Größe. Doch fließen lassen tat er's dabei nie: Vielleicht war ihr Geschmackssinn zu verfeinert?

Ganz nebenbei: Die Anna war so blond wie reifer Weizen. Und nichts an ihr, nicht eine kleine Stelle erinnerte ihn an das drahtig-schwarze Zentrum einer Sonnenblume.

Es war ein Fest der Liebe, diese erste Zeit.

Kann solches Glück auf Erden blühen?

Nein, kann es nicht. Drum sei den beiden auch die kurze Seligkeit vergönnt. Denn erste Wolken färbten schon den Horizont mit dunkler Ahnung.

Genau, was war mit Moritz Waldner in der Zwischenzeit? Wie ging der mit der frühlingsgrünen Liebe seiner Anna um? Wo er doch hinlänglich bekannt für die cholerischen Tendenzen? Empfand er vielleicht Freude gar, daß Anna voll erblühte, wie ein Marillenbaum zur Maienzeit in der Wachau?

Die Anna stellte ihrem Moritz so eine blöde Frage lieber nicht. Sie wollte gleich die Flucht ergreifen. Günstig ist die Gelegenheit, wenn eine frische Liebe Rückendeckung spendet. Forsch unterschrieb sie einen Mietvertrag für eine neue Wohnung. Dann trat sie vor den Exerlöser hin:

»Mir reichts. Ich trenne mich von dir. Adieu!«

Schon trieb es Moritz Waldner Hitze ins Gesicht.

»Kommt nicht in Frage! Blöde Kuh!« entfuhr ihm lodernd heiße Wut.

»Doch!«

»Nein!«

»Dann gibt es einen anderen!«

»So ist es nicht!« rief Anna mit verstärkter Vehemenz, wie es bei der Verleugnung Usus ist.

»Dann bleib, du dumme Gurke du! Und außerdem hast du ein Kind von mir!«

»Das nehm' ich mit.«

»Das läßt du hier!«

»Nein!«

»Ja!«

»Nein!«

»Wir teilen es!« rief Anna unter höchster Qual. Sie wollte nur mehr weg, rasch, schnell. Bevor noch mehr der Fetzen flogen.

Was dann geschah: Der Moritz Waldner tobte nicht mehr weiter. Er setzte sich nur ganz still hin. Und fing zu Weinen an.

Oh je. Die Tränen brachen Annas Herz. Noch einmal wallte Liebe in ihr hoch, vermischt mit Schuldgefühl und einer linden Trauer, daß Moritz Waldner doch nicht ihr Erlöser war.

So Viktor, nun hast du die Makellose ganz für dich allein. Willst du das wirklich? Bist du sicher?

Ja! Ja, natürlich! Ja! Ja! Ja!

Gierig war Viktors Herz nach Aufhebung der Einsamkeit. Er wollte mit der Anna nach der hohen Liebe streben. Das war nicht wiff, es wäre besser für sein Seelenheil gewesen, wenn er nicht himmelhoch gestrebt, stattdessen tiefe Triebe zugelassen hätte.

Doch vorerst war es ohnehin nur Liebe, Freude, Frühlingssäuseln. Viktor besuchte täglich seine Liebste und wurde ihrem Sohne vorgestellt. Den er genau so lieb wie Anna fand. Worauf die Anna Viktor noch viel heißer liebte. Worauf der Viktor Anna noch ein Stückchen höher auf den Sockel schraubte. Soviel sah er zu ihr empor, daß seine Füße über jeden leeren

Joghurtbecher fielen, den seine Dulzinea nach Verzehr am Boden dort vergaß.

Nervös war er in ihrer Gegenwart.

»Du ißt auch gerne Joghurt mit Vanilleschote?« so konstatierte er, um seine Anspannung zu überspielen. »Findest du auch, daß es im Juli heißer ist, als im Dezember? ...Daß eine Wespe sticht, wenn man mit nacktem Fuß auf ihren Stachel tritt? ...Daß Bohnen schwere Gase bilden, die einem dann im Bauch rumzwicken?«

»Ja, Viktor, so ein Glück! Das find' ich auch! Und du, kennst du daß Frieren deiner Zehen, wenn's naß wird in den Schuhen im November, weil deren Sohlen löchrig sind?«

»Oh ja! Wie sind wir uns doch ähnlich, Anna!«

»Genau so ist es, Viktor, auch für mich. Vielleicht sind wir verwandt, genetisch? Wir sollten unsere DNS entschlüsseln.«

Gar schöne Stunden gingen hin mit so balsamischen Gesülz. Bei soviel Übereinstimmung bestand kein Risiko, daß man dem anderen mißfallen könnte. Und wenn es doch gefährlich wurde, tarnten sie dies, wie's Frischverliebte eben tun. Mit Rückkehr in die Zeit, wo Mami immer Liebe spendet.

Kurzum, sie regredierten heftig.

»Anna, du kleines Schnabeltier... Du Wullibullimulli mein...«

»Ja, Schnutzibutziviktorli, du lieber. Laß uns schlafen. Der Film im Fersehen ist ein großes Gaxi.«

»Du bist ein Gaxi. Aber ganz ein liebes. Mach deine Augi zu. Du Muhlikuh.«

Das ist die süße Form der ersten Aggression.

Der Viktor kam ganz nah an das heran, was er für ein erfülltes Leben hielt. Sein erster Job war gut bezahlt und Geld macht jeden Mann zum Mann.

Und en passant hatte er sich ein holdes Weib errungen.

War er so dumm, daß er das wirklich glaubte und empfand? Nein, eines spürte er: Daß er sich an die Anna hoffnungslos verloren hatte. Und daß es ihr nicht anders ging. Doch irgendwas lief nicht so recht, er konnte es sich nicht erklären. Er traf sie täglich, zelebrierte manche Messe in dem weißen, unbefleckten Bett. Und doch? Hatte er das mit ihr, was man abstrakt Beziehung nennt?

Beziehung ist ein theoretischer Begriff für manche Erdenschwere. Nimm Viktor, was du kriegen kannst und pfeif darauf. Doch Viktor wollte nicht drauf pfeifen, er wollte – stantepede, justamente – mit Anna sowas unterhalten. Wie sollte er das in die Wege leiten, trotz aller Gleichheit blieb die Liebste fremd. Und rätselhaft noch obendrein. War Distanziertheit hier vielleicht das rechte Wort?

Er schalt sich selbst oft einen Narren, daß er die Zügel nicht ergriff, um sich und Anna zu dem Ziele hinzusteuern, das ihm so sehnsuchtsvoll vor Augen stand. »Mehr Mut«, rief er sich zu, wenn er in ihren Armen schmolz. Schmiegsam war aber oftmals nur der Körper und nicht das Wesen seiner Liebsten. Auch war der Viktor viel zu tief in diesen rätselhaften Fall verwoben, als daß ihm klargeworden wäre, daß ihre Sprödheit von der Ungewißheit kam, ob man ein Weib (wie sie) überhaupt lieben kann.

Es wuchs die Sprödheit Annas mit dem Grade ihrer Liebe. Ein hoher Grad war über sie hereingestürzt. So übertölpelt wurde sie, wie Unbefleckte einstmals von der Beulenpest. Darum war Anna spröde wie die Rinde mancher Linde, wenn Sommers es an Wasser mangelt.

Sie hätte sich gern fallen lassen, doch nur in einen Arm, der stärker war als sie. War Viktor das? Und »fallen lassen« ist der falsche Terminus: Erschlossen wollte Anna werden, fast gebrochen... doch nur soweit... und nur von dem... und überhaupt: Den Sieger suchte sie, der sie besiegte. Und als das Zeichen ihrer Unterwerfung die Sprödheit ihr als Siegespfand entriß.

Man kann sich denken, wie es weitergeht: In Anna keimte zart Verachtung, daß Viktor – der Erlöser – nicht tat, was seiner Sache war. Das Quentchen Selbstvertrauen Viktors schmolz aber hin wie Schokolade aus der Schweiz. Noch weniger agierte er, sodaß die Anna sich noch mehr zurückgewiesen fühlte und wieder einen Schritt ins distanzierte Abseits tat. Fatal der Kreislauf, in den beide sich verstrickten.

Was Viktors Kopf noch mehr zerbrach, das waren Annas Stimmungen. Nie wußte er, was ihn erwartete, wenn er vor ihrer Türe stand. An vielen Tagen war sie fröhlichster Verfassung. Doch ohne jede Warnung gab es Stunden reicher Tränen, ja Himmel, steh' dem Viktor bei! Das nahm er schwer: Ihm schien, als ob er schwarze Punkte auf einer Liste sammeln würde. Die sich durch Zauberhand vermehrten. Sein Unbehagen täuschte nicht. Die Anna führte eisern Buch und hortete Vergehen ihres Liebsten. Gefühllos schien er ihr zu mancher Zeit, dann wieder kalt wie Schnee um den Stephanitag.

Sogar bei Telefon geschah es, daß ein Graben, breit und tief, gerissen wurde.

»Wie geht's dir heute, liebe Anna?«

»Na, irgendwie wird's mir schon gehen...«

»O je«, dachte der Viktor dann, nun ist sie wieder Opfer einer düsteren Gemütsverfassung. Wie konnte er die trübe Stimmung lösen?

»Bald wird es wieder gut«, beschwichtigte er dienstbeflissen und war mit seinem Trost zufrieden. Die Anna war das leider nicht. Sie wollte anderes von Viktor hören. Zum Beispiel Höchstpersönliches, auf sie alleine zugeschnitten. Drum tönte sie per Äther wunden Tones:

»Natürlich wird es wieder werden. Zum Beispiel, wenn der Tod mich holt!«

»Geh, Anna! Sei nicht gar so destruktiv! Denk an die Hungernden in Indien, Somali und Biafra... Gleich geht's bergauf, das glaube mir!«

Inkomparabel war das Schluchzen, das Anna nach des Viktors Worten intonierte. Verwundert fragte sich der Held, was er denn wieder falsch gemacht. Und Anna malte einen fetten, schwarzen Punkt in die Kartei. Und knallte eloquent den Hörer auf.

Der Viktor flüchtete zu seinem Schreibtisch. Wer kennt sich schon mit Frauen aus? Wie logisch doch dagegen Zahlen sind!

Zum Glück stand der Versöhnung nichts im Wege, in dieser ersten, grünverliebten Zeit. Noch war Geduld genug vorhanden, die beiden fühlten seelischen Bedarf. Auch Fleisches Lust war nicht gestillt. Die Stillung dieser Lust noch keine Waffe. Die Messe in dem weißen Bett ein Wirbel der Hormone noch.

Doch lauert überall Gefahr.

Im Bett?

Bis hierher hatte die Kowalski in einem gleichmütigen, fast gelangweilten Ton gelesen. Hie und da war sie ein paar Schritte aus ihren eigenen Empfindungen herausgetreten, indem sie ihre Worte sarkastisch betonte und ihre Überlegenheit über Viktors und ihr einstiges Verhalten durch ein gewisse Ironie in der Stimme kundtat. So, als wollte sie zum Ausdruck bringen, wie überholt ihr die einstigen Verhaltensmuster nun erschienen, in denen sie sich mit Viktor gefangen hielt.

Nun aber spannte sich ihr Körper. Fast unsichtbar waren die Indizien; auch mir wären sie beinahe entgangen, nur die Pause vor ihren nächsten Worten war eine kleine Spur länger als sonst.

...Die Nacht war so wie alle: Lustvoll, aufgewühlt –

Nicht ganz, denn diese war gefährlich. Denn Annas Schoß war fruchtbar in besagter Nacht. Das teilte sie dem Viktor mit.

»Duu, heute ist es sehr gefährlich. Paß bitte auf, das ist nicht schwer.«

Der Liebste nickte, schon vom Sinnentaumel fortgerissen. Und kam zur Sache, trieb sie rasch und gut voran und brachte sie für beide zu dem wohlverdienten Höhepunkt. Er wollte aber die Ekstase nicht in frischer Luft beenden (das war mit Weißem Riesen schlecht besetzt). Drum blieb er auch in ihrem engen, feuchten Leib und brachte sich dort dar, wo die Natur es vorgesehen.

Kurz war die Euphorie, doch lang das Leid, das da heraus erwachsen sollte.

»Bist du verrückt? Was hast du jetzt gemacht?«

»Ejakuliert.«

»Oh Gott! Ich habe doch gesagt...«

»Ja, ja... Ich dachte nur...«

»Was dachtest du? Ich glaube, Lust hat dein Gehirn verkleistert! Du weißt doch, daß ich jetzt kein Kind...«

»Warum denn nicht? Du liebst mich doch?!? Und abgesehen davon hast du eh schon eins...«

»Ja eben!«

»Was eben?« fragte Viktor, zart gekränkt. Doch Anna wollte ihren Unmut weiter nicht erklären. Sie flehte, daß des Viktors Samen nicht den Keim der guten Hoffnung trug. Sie betete zum lieben Gott, zu Buddha und zur Vorsicht auch noch zu den Asen.

Das war nicht klug. Die Anna hat den lieben Gott damit gekränkt, der mochte keine Konkurrenz. Die Asen aber sind dem Rindvieh zugeordnet und nicht der Zucht von Menschenbrut.

Die Rache stolzer Götter folgte auf den Fuß.

Ein Ringlein strahlte im Lulu, das Anna zum Behuf der Testung in eine Glasphiole tropfte. Rot war das Ringlein, gelb war das Lulu und ihr Gesicht schneeweiß nach Hiobs Botschaft. Sie taumelte zum Telefon: Terminisiert hat sie den Tag der Trennung von dem Fötlein.

Am Abend kam der Viktor auf Besuch.

»Duuu Viktor, du, ich bin so schwanger. Der Abtrieb ist am zweiten März.«

Sie warf ihm dies – wie Sauerkraut auf eine Bratwurst – um die Ohren.

War Anna von so abgefeimter Kälte? Nein, nein. Sie hatte diesen Schritt nur gutgemeint. In erster Linie für sich, in zweiter aber auch für Viktor.

Sie glaubte an ein gutes Werk, wenn sie die Last der Vaterschaft von seinen Schultern hob. Wie oft war sie als Kind die Zeugin androgyn-markanter Worte, daß Frauen nur nach einem trachten: Die Männer fest an sich zu binden, indem die Frauen sie – ruckzuck – zu Vätern degradieren. Weil Frauen schwach sind und nicht ohne Tücke! Das hat sich eingebrannt in Annas Hirn: Sie wollte keines Mannes Freiheit rauben: Mittels der hinterlistigen Funktion vom Unterleib.

Sie suchte Viktors Dankbarkeit. Sie fand nur maßlose Verletztheit vor.

Wie ungerecht! Denn abseits von den oben angeführten Gründen, kam sie ja wie die Unschuld zu der Schwangerschaft. Er hatte ja mißachtet, was sie ihn dringlich bat bei Ouvertüre jenes Koitus. Nur durch den Mißbrauch des Vertrauens war nun ihr Uterus gedehnt.

Der Viktor war kein Mann der Tat. Vor lauter Denken kam er nicht zum Handeln, so nahm das Schicksal seinen Lauf. Hätte er Anna Rat und Tat und Hilfe zugesichert, zum Beispiel bis zur Niederkunft und ein paar Jahre noch danach... Wer weiß? Denn auch die Anna wollte diesen Abbruch nicht vollstrecken: War doch das Kind, das ungeborene, von dem... für den es sich zu sterben lohnt. Was immer noch ihr Wille war.

Viktor tat nichts. Er war beleidigt.

Die Anna litt. Die böse Stunde eilte an.

Der Viktor tat noch immer nichts.

Die böse Stunde war schon nahe. Die Anna litt wie eine Sau.

Und Viktor tat auch weiter nichts. Außer beleidigt sein.

Da war die böse Stunde da. Und ging vorüber, so als wäre nichts geschehen. Nur hat ab dieser Stunde beider Liebe einen tiefen Riß bekommen.

Und erst am Tag danach erwachte Viktor aus der Lethargie. Er kaufte Blumen für die Anna, ein Ölbad, einen Kimono und nebstbei noch ein Anschlußkabel für das Videogerät. Dies alles legte er zu ihren Füßen hin. Doch Anna, die – ganz ihrer Art entsprechend – nach ihrer schweren Stunde herzhaft lachte, zerfloß, als sie die milden Gaben sah. Weil der Verlust der Leibesfrucht jetzt erst in ihr Bewußtsein drang.

Der Viktor wußte nicht den Grund der Tränen. War es nicht Anna selbst, die ihre böse Tat gebar?

Das sagte er ihr klipp und klar. Oh je, da sprang die Flut der Tränen noch heftiger aus ihrem Augenpaar. »Warum denn nur?« sinnierte Viktor, er hatte ihr ja schon verziehen! Sie führte sich doch reichlich unerklärlich auf... Ihm schienen seiner Mutter Lehren gänzlich unvollkommen. Nur mit Manieren kam man Frauen doch nicht bei.

Die Wunde aber war geschlagen. Schwärte weiter. Heilte nie.

Bei Viktor nicht, nicht bei der Anna.

Und rächte sich ab nun zu jeder Zeit...

Ich kannte einen ganzen Haufen Statistiken zum Thema Schwangerschaftsabbruch: Zu einem hohen Prozentsatz war die Beziehung nach einem Schwangerschaftsabbruch zerstört. Ich versuchte mich gerade an den Prozentsatz – waren es siebzig oder achtzig Prozent? – zu erinnern, als es klopfte. Anna fuhr hoch. Sie wußte, daß unsere Stunde um war. Hastig las sie noch drei Sätze. Dann legte sie die Blätter achtlos auf meinen Schreibtisch, stand auf und warf mir ihre letzten Worte beim Hinausgehen hin. »Von mir aus, lesen Sie weiter. ...So weit, wie Sie wollen...«

Die Türe fiel hinter ihr zu.

Ich aber zog die Blätter auf meine Seite, sortierte sie nach der Seitenzahl und stapelte sie auf einen geraden Stoß. Es blieb noch genug Zeit. Anna war für heute meine letzte Klientin im Untersuchungsgefängnis gewesen, erst am Nachmittag hatte ich weitere Termine mit meinen Privatklienten.

...Ein obligater Platz für ein Turnier des Frusts war immer schon das Bett. Angst schlief ab nun den beiden bei, man wünschte keine Wiederholung der Misere. Man zelebrierte statt der Wollust Furcht. Das klingt nicht sehr entspannt und war es nicht. Sie zählten heftig Annas Zyklus, wobei ein großer Teil der Lust verlustig ging.

Hatten sie von Verhütung nichts gehört? Oh ja, sie waren informiert, nur hatten sie immensen Abscheu vor dem Schutz des Latex, vor Fremdeinwirkung durch Dragees. Das scheuert, brennt und gaukelt den Hormonen falsches Spiel! Sie preferierten die Natur, doch ist bekannt, daß die Natur gebändigt werden will. Sonst bändigt sie den Menschen.

Bei Viktor und der Anna hat sie das geschafft: Verkrampfung war die fade Folge. Und Anna malte wieder einen schwarzen Punkt in die Kartei: Durch den Erguß zur falschen Zeit hat Viktor einen öden Beigeschmack ins unbefleckte Bett gebracht.

Das spürte Viktor, er war ja sensibel. Er zog für sich alleine Konsequenz: Der Trieb war ohnehin pfui Gack!

Anna war triebhaft, wie man weiß. Es schmerzte sie des Viktors Distanzierung von der Freudenmesse. Das war ja fast ein Requiem!

Die Unbekümmertheit war nun passe und sie ersetzten sie durch ein probates Mittel: Technik... Die manchmal hilft und manchmal wieder nicht.

War Viktor technisch instruiert? Anna befand, bedauerlicher Weise, nein. Da konnte er noch sehr viel lernen, nicht schaden würden manche Tricks. Und sie begann die Instruktion.

Der Viktor aber war ja so sensibel. Wenn er auch nur ganz sanft Kritik verspürte, zog er sich zurück. Er sagte nichts, er zog nur einfach: Hinein in die Verweigerung.

Der Viktor war allseits beliebt, weil er stets lieb und freundlich war. Die Zeichen schlimmer Renitenz hatte ihm

Hilde seinerzeit mit Putz und Stingel ausgetrieben: Wer gut erzogen, der ist lieb.

Doch jeder hat so seine Mittel: Das seine hieß Verweigerung. Da wurde aus ihm dann ein großes NEIN, das hat nach vorne hin recht lieb gelächelt.

Ihm schien, die Anna fand ihn manchmal gar nicht lieb. Besonders in der letzten Zeit nach der Misere. Na gut. Auch recht. Dann würde er verweigern!

Der Viktor war ein Meister in der Kunst des stummen Neins. Er wußte sich der diffizilen Technik zu bedienen. Ein gutes Mittel ist die Pünktlichkeit, die man recht effizient verweigern kann.

»Duuu Anna, heute um halb neun?«

»Natürlich, komm, nichts ist mir lieber.«

Die neunte Stunde ging vorbei, der Viktor eilte nicht herbei. Im zarten Stadium des Neins kam er in etwa 10 Uhr 10. Zorn schärfte schon die Züge seiner Liebsten. Jedoch: Es war fast noch die erste, grünverliebte Zeit. Anna sedierte sich mit einem Glase Wein und übte Nachsicht – wie es sich gehört.

Das war nicht ganz, was Viktor hat erreichen wollen samt dem passiven Widerstand. Er wußte nun pointiert zu steigern:

»Duuu Anna, heute um halb acht? Ich freue mich so sehr auf dich...«

»Ja, Viktor. Du, ich freu' mich auch. Besonders, wenn du pünktlich bist...«

Die achte Stunde ging vorbei, die Stunde None ebenso. Kein Viktor weit und breit in Sicht. Frustrierter Zorn zerfurchte Annas sonst so jugendliche Stirn. Der Wein sedierte diesmal kaum, sie predigte dem Viktor alle Vorteile der Pünktlichkeit.

Der Viktor aber wollte keine Predigt, er wollte lieb gefunden werden. Das war er so gewohnt und Anna sollte keine Extrawurst sich braten.

Verschärfung hieß nun die Devise!

»Duuu Anna, süßes, weiches Lamm, komm: Fahren wir nach Amsterdam. ...In unsere Beziehung fein, kommt gleich ein frischer Wind hinein... Ich hole dich um 19 Uhr 10, ach ja, wird diese Reise schön...«

Fahrkarten waren gebucht, Verderbliches dem Eisschranke entrissen, Koffer vollgestopft, Vorfreude ließ die Herzen schlagen.

Doch wer nicht kommt zur rechten Zeit, muß nehmen das, was übrigbleibt.

Von Anna war nur mehr ein Häuflein Elend übrig, hysterisch, aufgequollen und verschwollen, als Viktor endlich auf der Straße hupte, um mit ihr Richtung Bahnhof abzudüsen.

»Das schaffen wir nicht mehr!« plärrte die Anna unter Schluchzen.

»Doch«, rief der Viktor und er zerrte die Liebste in den Wagenfond hinein. Und drückte seinen Herrenschuh aufs Gaspedal, bis daß die Reifen quietschten, schrill. Rasch! Das Gepäck, hier steht der Zug – Hab Dank, Maria, Heilige, du holde Jungfrau, du – quer durch den Bahnhof, schneller, eingestiegen...

Oh nein! Denn Viktor rief:

»Moment noch, Anna. Diesen Brief hier muß ich noch zur Hauptpost bringen. Steig ruhig schon ein, ganz wie du willst. Gleich bin ich wieder da...«

Anna blieb abgehetzt, ungläubig und verdattert stehen. Wie angewurzelt ob des Viktors Wahn. Der Zug stand knapp vor ihr, noch immer stand er, wo bleibt Viktor, da, ein Pfiff. Jetzt kommt der liebe Liebste, endlich! Die Rolltreppe schob ihn herauf. Nun ist er da, schnell, nimm den Koffer, schnell, der Pfiff...

Weg war der Zug!

Da setzte Anna ihren Koffer ab und drehte sich zu Viktor um. Und knallte ihre Hand in sein Gesicht. Klatsch, klatsch. Vor allen Leuten in der Bahnhofshalle, für die es ein begehrtes Schauspiel war.

Dann hob sie ihren Koffer hoch und ging. Der Viktor rieb sich seine Backe und fragte sich, ob er zu weit gegangen sei. Vielleicht war tiefer sie verletzt, als er bezweckt?

Im Zweifelsfall ging er ihr nach. Er fuhr sie heim, sie war ja ohne Auto da. Zu Hause bot er ihr Kaffee, denn das Gewissen nagte ihm. Sie wollt' kein Koffein von ihm gebraut. Drum füllte er die Stille dann auf seine Weise.

»Du bist selbst schuld. Nur weil du so hysterisch warst, sind wir zu spät gekommen. Und außerdem, warum bist du nicht in den Zug gestiegen?«

Die Anna schluchzte weiter blöd. Der Viktor fand sich unter Druck. »Gib mir doch endlich eine Antwort!«

»Du hättest es nicht mehr geschafft... Ich wäre ganz allein in Amsterdam gesessen!«

»Das ist nicht wahr. Ich hätt' den nächsten Zug genommen!«

»Geh, Viktor... Amsterdam ist groß... Wir hätten uns dort nicht gefunden.«

Auch wieder wahr. Jetzt wurde Viktor aber böse! Sie schwatzte ihm zuviel erdrückendes Gewissen auf mit ihrer nimmermüden Tränenflut.

»Hör endlich auf mit dem Geflenne. Du führst dich auf, daß es mir peinlich ist.« Die Mahnung brachte nicht Erfolg.

Da klickte es in Viktors Hirn. Das war ja interessant! Was sagte ihm dies aufgelöste Schluchzen? War das nicht Macht, die sie ihm gab? Wenn er so tief verletzen konnte, das war Macht! Dann war er der Besitzer einer Waffe gegen sie! Die er ab heute zücken konnte, wann immer ihm der Zeitpunkt recht erschien.

Wie fein! Nun stand sie nicht mehr so hoch oben am Podest. Nun hatte er Bewältigung für ihre Größe. ...Das schmeckt nicht schlecht, wie Viktor fand. Das wollte er noch öfter kosten.

Der Viktor, allseits so beliebt.

Und Anna, hat sie das durchschaut, ist sie geflohen? Tat sie, was ihrem Selbst geholfen hätte?

Nein, nein. Sie fand, sie kriegte das, was sie verdient. Und löffelte ab hier den Masochismus täglich aus. Ein Topf wie im Schlaraffenland, so füllte der sich stets von neuem. Die erste Probe gab sie noch am selben Abend. Sie heulte, bis ihr übel war, dann warf sie sich vor Viktor auf die Knie.

»Komm Viktor, sei nicht länger böse. Wir wollen einfach morgen reisen und hängen ein, zwei Tage an.«

Würde der Viktor retten, was zu retten war? Nein! Denn die Macht, wenn sie so frisch gekocht, schmeckt einem unverwöhnten Gaumen lecker. Was Viktor seinerzeit nicht bei der Mutter, nicht beim Vater hat bewirken können, das schenkte Anna ihm ab nun. Kristallklar war darum sein: »Nein!«

»Warum nicht Liebster? Sei doch nicht so kalt.«

»Nein, sage ich. Und dabei bleibt's.«

Da schluchzte Anna noch viel lauter und würgte ihre Magennerven in die Muschel des Aborts. Worauf sie sich entleert erneut dem Viktor vor die Füße warf.

»Viktor, mein Herz. Du sagst jetzt nein, sag mir warum!«

Er war zu klug, um ihr den Wohlgeschmack der Macht hier preiszugeben.

»Ich sage nein. Ganz aus Prinzip.«

Durch Annas Weinen wurde Viktor müde. Die Kraft, mit der sie in den Tränen sich verlor, zollte des Viktors Geist, des Viktors Körper heftigen Tribut: Zu Bette ging er. Gute Nacht. Für unfaßbar hielt Anna dies. Statt daß er die Versöhnung mit ihr suchte, statt daß er sie gar um Verzeihung bat, statt dessen schlief der liebe Viktor ein.

Sie war von anderer Natur: Ein Streit schien ihr nicht Humus für den Schlaf, der doch Gerechte nur ereilt. Erzürnt zog sie dem Liebsten seine Federdecke fort, weil sie das Bild nicht glauben wollte, das er bot: So friedlich losgelöst von allem Drama... Sie schrie, sie hüpfte, brüllte, tobte: Nichts half. Sein Schlaf war fest, die eigene Verzweiflung tief.

Dies Muster zementierte sich.

Oft flüchtete sie aus der Wohnung, während der Viktor selig schlief. Ziellos und weinend streifte Anna durch die Nacht und landete in düsteren Lokalen. Fernfahrer luden sie auf ein, zwei Whiskeys ein. Die schwarzen Ränder unter deren Nägel erschienen ihr Beweis für Liebesfähigkeit. Anna schob Viktors Unvermögen auf seine Schwerkraft des Gehirns und suchte Trost beim bauchbetonten Mann...

Das tat ihr gut. Wenn sie ihn dann am nächsten Morgen sah, so hoffte sie zumindest, daß er Angst um sie bezeugte: Wo sie denn in der Nacht gewesen sei? Der Viktor aber sagte nur:

»Du bist ja wieder da. Na eben«, und schälte stoisch diese Frucht, die man Banane nennt.

Der Zweifel zerrte schon an beiden: Ist das die Liebe? Ist sie's nicht?

Er flüchtete zur Arbeit, wo der Lohn nicht lange auf sich warten läßt.

Sie flüchtete in eine Krankheit. Angst nannte man die schlimme Seuche und sie befiel ihr Opfer aus dem Hinterhalt. Die Anna wurde unvermutet angesprungen. Sie schleppte sich von einem Arzt zum nächsten, doch bot sie keinerlei Defekt. Das Leiden aber wurde schlimmer. Schlußendlich landete ihr Körper samt der Psyche auf eines Therapeuten legendärer Couch. Das war die richtige Adresse! Das interessierte Ohr erhielt sie dort, das Viktor ihr verweigerte. So mancher Zweifel wurde dort zur Frage: – Ob Viktor ihr sehr ähnlich sei, oder doch sehr verschieden. – Warum im weißen, unbefleckten Bett nur mehr die Technik Lust erzeuge. – Weshalb bringt Viktor sie zuerst zum Weinen und schaut dann nur gelangweilt dabei zu. – Liebte er sie. – Und lohnte es sich noch für ihn zu sterben. – Oh je, bald ist es ohnehin so weit! Ich spüre es, mir ist so schlecht. – Sie meinen ja, er liebt mich sehr? Dann soll er es beweisen!

Nachdem an diesem Tag meine letzte Klientin – es war die, die jegliche Nahrung wieder herauskotzte, weil ihr Mann sie nicht mehr liebte – nachdem diese Frau sich mit einem feuchten Händedruck verabschiedet hatte, überkam mich eine Art Lähmung. Eine Lethargie, von der ich nicht wußte, ob sie ihren Ursprung in meiner Situation mit Paula hatte oder in der Sinnlosigkeit meines Berufes.

Zwecklos, was ich den ganzen Tag tat. Ich zerstückelte meine Arbeitszeit in 50-Minuten-Intervalle, die ich damit füllte, daß ich mich hinter der Arbeitsplatte meines Schreibtisches verschanzte und voll sichtbarem Interesse den Menschen mir gegenüber sezierte. Sein Leid in einen analytischen Zusammenhang stellte, mich aber gleichsam von diesem Leid distanzierte, was durch die Arbeitsplatte bereits symbolisch definiert war. Auch lief es im Grunde immer gleich ab: Eine neutrale Ermunterung, das Leid in seiner ganzen vernichtenden Tragweite zur Kenntnis zu nehmen. Und dann, wenn der Zustand erreicht ist, daß der Klient sich fast voll Stolz zu diesem Leid bekennt, wenn er überzeugt ist, daß ihm dieses Leid zusteht, daß er ein Recht auf seine Qual hat, dann setzt das Göttliche meines Wirkens ein. Ich führe ihn an die Wurzeln seiner Schmerzen und warte. Warte, daß er die Wurzeln zumindest mit jener Symphathie beäugt, die ihm den Mut gibt, aktiv zu werden. Denn selbst die verkümmertsten Wurzeln haben die Anlage, in einer willentlichen Züchtung frisch auszukeimen.

Meine Hilfe reduziert sich auf das Warten. Was immer ich weiß, ich muß warten, bis auch der Klient es erkennt. Aber es ist nicht das Warten, das mich aushöhlt.

Es ist der Name der Wurzel. Denn nahezu alle Zerstörungen und Selbstzerstörungen haben einen gemeinsamen Nenner: Isolation. Die absolute Verlassenheit, das Alleinstehen, das Erkennen, daß der einzelne immer ein Solitär ist und nur kurzfristig den Zustand der Isolation aufheben kann. Das ist der Name der Wurzel.

Ich maße mir Kraft meines Berufes an, dieses Faktum schönzureden. Ja, sage ich, ja, die Isolation, die Einsamkeit ist eine Tatsache, an der es nichts zu rütteln gibt. Die zuerst akzeptiert werden muß, bevor auf dem Boden der Erkenntnis gesunde Triebe das Erdreich durchbrechen können.

Das sage ich zu meinen Klienten. Mehr oder weniger, mit anderen Worten.

Welche Arroganz! Welche Anmaßung! Wie stark muß in mir selbst die Angst wüten, daß ich in sicherer Distanzierung vor dem Leid an meinem Schreibtisch sitze und mich in der heilenden Macht meiner Verkündigungen bade: Ja, nicke ich weise und bestätige die Erkenntnis der Einsamkeit. Das Erkennen ist doch der erste Schritt ins selbstverwaltete Paradies, das Akzeptieren der Isolation macht frei! prophezeie ich salbungsvoll.

Letztendlich läuft es auf solchen Quatsch hinaus... Ein paar Suizide werden einige Jahre hinausgezögert, einige Ehen künstlich verlängert, Angstphobiker finden Trost an ihrem neuen Wissen, daß ihre zerfressende Panik auch dem Rest der Menschheit nicht fremd ist...

Und ich bin Sprachrohr und Vermittler der neuen Heilslehre; war immer leidlich überzeugt, daß all die fundierten Maxime der Psychotherapie eine seriöse Grundlage bilden, um meinen größenwahnsinnigen Unsinn zu verbreiten.

Meine Ehe aber starb gerade. Zumindest so empfand ich es. Wenn ich zu jener Zeit an Paula und mich dachte, sah ich zwischen uns etwas liegen, das einem Kadaver glich. Vielleicht war es die Sprachlosigkeit, die Paula und mich unvermutet trennte. Aber das reichte mir nicht: Selbst eine Sprachlosigkeit ist faßbar, kann als gestörte Kommunikation definiert werden. Ein Zustand aber, der definiert ist, ist änderbar. Jedoch das, was mich von Paula entfernte, schien mir nicht änderbar.

Es half nichts: Wenigstens mußte ich meine Würde wahren und mir eingestehen, daß ich mich — entgegen meiner ganzen theoretischen Weisheit — in der gleichen Falle verfangen hatte, wie all die Verzweifelten, die an der gegenüberliegenden Seite meines Schreibtisches Platz nahmen. Daß ich in meiner Liebe zu Paula, in der Ehe mit ihr nichts anderes, als den hoffnungslosen Versuch unternommen hatte, die Tatsache der absoluten

Isolation zu überwinden. Daß Paula mir all die Jahre eine Versicherung gegen die unüberwindbare Einsamkeit war. Ich hatte ihrer Zuneigung bedurft, um festen Boden unter meinen Füßen zu spüren. Aber Paula hatte mir nun ihre Zuneigung entzogen. Und schon spürte ich das, worüber ich mich als Therapeut immer wieder voll getarnter Arroganz darüber stellte: Daß ich der Lüge bedurfte. Daß ich tatsächlich geglaubt hatte, meiner Einsamkeit durch Paulas Liebe zu entkommen.

Paula hatte sich von mir entfernt. Schon kroch in mir die Angst hoch. Die Furcht vor der absoluten Isolation. Mein Zorn auf den mir unbekannten Theo, meine Verachtung vor seinem Beruf, half mir, die Panik in Schach zu halten.

Ich stand müde auf; schon dunkelte es, nur das rote Licht des Anrufbeantworters blinkte. Irgendwer hatte eine Nachricht hinterlassen. Ich war zu kraftlos, um mich auch nur einer Stimme auf Band zu stellen. Nicht einmal das Licht in meiner Praxis schaltete ich an. Ich ging ins Badezimmer und ließ das kalte Wasser einige Zeit laufen, wusch mir dann mein Gesicht. Trank ein paar Schlucke. Setzte mich wieder an meinen Schreibtisch, der mir bislang Sicherheit gegeben hatte. Aber die Magie, die der Tisch bis heute inne hatte, stellte sich nicht ein.

Der Therapeut war therapiebedürftig.

Wegen eines Fußballers, schoß es mir wieder heiß durch mein Hirn. Aber natürlich war mir klar, wie wenig meine Panik mit diesem Theo im Zusammenhang stand.

Nur...

Nur, ein wenig schon. Schließlich regte mich sein Beruf noch mehr auf, als die Chuzpe, daß da einer daherkam, der sich das Recht herausnahm, meine Frau zu ficken. Falsch, dem meine Frau das Recht gab, sie zu ficken. Das mir allein verbriefte Recht.

Paula ließ sich ficken. Von einem anderen. Etwas lief schief. Aber als noch größere Demütigung empfand ich, welchen Beruf Paulas Beschäler ausübte.

...Denn: Ein Fußballer ist kein Mann des Geistes. Kein Denker. Kein Analytiker, wie mir Paula ja bereits triumphierend ums Maul geschmiert hatte. Kein Rationalist. Kein Zergliederer, Zerstückler, Sezierer von Gefühlen, die er dann in klaren Gedanken verpackt – als wohlformuliertes Output – wieder von sich gibt.

Ein Fußballer sucht mit Sicherheit seine Sicherheit nicht im Denken. So wie ich...

Paula hatte sich einen vollkommen konträren Mann gesucht. ...Da waren sie, die Signale, die ich nicht hatte sehen wollen. Seit wann? ...Wann hatte sie mir zum ersten Mal ins Gesicht geschrien, daß sie nicht mit mir reden wolle? Daß ihr die klärenden Gespräche zum Hals heraushingen? Daß ich – verdammt, das waren wirklich ihre Worte, die ich verdrängt hatte, um mich nicht mit ihnen befassen zu müssen – ersticken solle an der eiskalten, wohlüberlegten Kotze, die ich bei jedem Streit zwischen uns von mir gäbe.

Eiskalte Kotze... Keine schönen Worte; sie verdichteten in mir das flaue Gefühl, das mir Anna Kowalskis Aufzeichnungen verursachten. Deshalb, genau aus diesem Grund. Weil Paula mir denselben Vorwurf voll Haß ins Gesicht geschrien hatte, den Anna Kowalski Viktor gemacht hatte.

Die Kowalski hatte ihren Mann wegen dieser Kälte zu Tode gebissen.

Paula ließ sich von einem Fußballer ficken. Sie hatte jedes Recht der Welt dazu...

Nun machte ich doch Licht. Zog müde die graue Mappe aus meiner Aktentasche. Suchte nach den Seiten, die ich noch nicht gelesen hatte. Und las, las besessen, nur um in Viktors Geschichte die Beweise seiner Kälte, seines Versagens zu finden. Die auch die meinen waren.

...Ab nun stand Viktor unter dem Beweiszwang. Da half kein Maulen und kein Jaulen seinerseits.

»Beweise!« schrie die Anna, die gern von ihrem Liebsten wissen wollte, wie liebenswert sie wirklich war. Was stark auf seine Seele drückte. Der Druck war ihm zu groß, er floh. Zur Arbeit, denn: Die Zahlen, die sind logisch zu entschlüsseln, im Gegensatz zum wirren Weibervolk.

Prompt folgte nun, was klassisch ist. Die Anna rief: Du liebst mich nicht! Die Arbeit lockt dich mehr als ich samt meinem sammetweichen Körper!

So hat die Katze selbst sich in den Schwanz gebissen.

Sie kratzte am Email von Viktors kühler Oberschicht. Dazu war jedes Mittel recht.

»Du Viktor, machen wir ein Spiel. Imaginiere eine Skala, zehn ist sehr viel und eins ist nichts. So, und jetzt sage, wie es dir im Bett mit mir gefällt? Bei mir rangierst du übrigens auf Stufe fünf...«

Der Viktor ahnte, daß von seiner Antwort die Qualität der Stimmung hing. Doch seine Männlichkeit war tief verletzt über das Mittelmaß der Punkte, die sie an ihn vergeben hatte. Er wollte sie ganz feindosiert bestrafen.

»Acht Punkte gebe ich. Ist dir das recht?«

Da war die Stimmung samt der Anna tief geknickt.

»Acht Punkte nur? Das ist gemein.« Schon füllte sich ihr himmelblaues Augenpaar mit Wasser. Das galt's für Viktor zu verhindern, aber rasch!

»Nicht weinen, Liebes. ...Du hast weniger an mich...«

»Ja! Lügen tu' ich nicht! Laß mich in Ruhe, ich muß weinen.«

»Beruhige dich! Es war ein Spiel.«

»Da hast du recht... Jetzt sage mir, wann war es Stufe zehn?«

»Bei niemandem und niemals noch!« rief Viktor überzeugend. Für jeden zwar, doch nicht für sie.

»Du warst im Puff. War's dort, bei dieser Schnepfe?«

»Um Gottes willen, nein! Nach sowas steht mir nicht der Sinn.«

»Aber vielleicht der Schwanz?« bohrte die Liebste unbarmherzig weiter.

Der Viktor wollte dieses Thema jetzt beenden. Da kannte er die Anna aber schlecht.

»Duuu, Viktor, sag mir, stand er oder stand er nicht?«

»Er stand«, sprach Viktor, um die Reste seiner Männlichkeit zu retten.

»Na eben!« heulte jetzt die Anna los. »So warst du also doch erregt. Wahrscheinlich gar auf Stufe zwölf!«

Dem Viktor ward es angst und bang als Folge dieser längst vergangenen Erregung. Und hatte Anna vielleicht recht? War er das Opfer seines bösen Triebes dort geworden? Hatte der Schwanz sich losgelöst von dem Gewissen? In Zukunft galt es dieses zu verhindern!

Noch mehr Ballast! Auf seinen Trieb.

Der Anna sei viel Spaß damit gewünscht.

Das grünverliebte Blatt, es welkte an den Rändern... Wäre es nicht die rechte Zeit, sich jetzt zu trennen?

Nein, dachte Viktor, denn er hielt das Welken für den Übergang zu echter Liebe. Und abgesehen: Mußte er sie noch vom Sockel runterstoßen. Und auch die Anna hatte noch an ihrem Viktor eine Pflicht: Sie mußte ihm das schützende Email zerkratzen.

Kurz, beiden brannte heiß der Wunsch nach noch mehr Nähe. Denn wenn man dem geliebten Wesen Wunden reißen kann, dann will man doch das Blut auch sehen, wenn es sprudelt.

Zusammen zog das Liebespaar.

Los ging der Spaß. Denn jetzt, wo beide sicher waren, daß Flucht so leicht nicht möglich war, konnte man fein die Sau rauslassen. Der Modus dieses Schweinetanzes ist sanktioniert, seit eh und je. Sie brauchten nicht viel Phantasie und konnten alterprobter Mittel sich bedienen. Wie jedes gute Spiel, das einen fesselt, begann es zart und filigran.

»Du Viktor, du hast Camembert gekauft... Dabei ist noch soviel vom Quargel da!«

»Mir schmeckt der Quargel aber nicht.«

»Ganz wie du meinst! Doch dann wirfst du den Käse in den Mist! ICH gehe anders um mit Lebensmitteln!«

»Und was ist mit der halben Blunzwurst, die gestern in der Biotonne lag? Wer hat denn die gekauft?«

»Die wollte ich noch essen! Was leider nicht mehr möglich war, weil du mit deinem Gulaschsaft verhunzt hast meine gute Blunzwurst. Es wäre wirklich nett von dir, wenn du in Zukunft meine Kühlschrankordnung…«

»Das ist mein Kühlgerät, genauso wie das deine!«

»Davon war jetzt die Rede nicht. …Doch bitte, wenn du streiten willst, von mir aus gern!«

»ICH will nicht streiten. DU hast angefangen! Mit deinem blöden Gulaschsaft!«

»Das hab ich nicht! Ich hab dich höflich nur gefragt, warum du Camembert gekauft, wenn noch soviel vom Quargel da…?«

An dieser Stelle stand der Viktor sehr gelangweilt auf und schlenderte zum Fernseher. Er zappte hin, er zappte her und setzte sich davor. Wenn Anna streiten wollte – bitte sehr! Das konnte sie mit sich alleine auch! Er würde seine Seele am Turnier von Wimbledon erlaben.

»Du schaust jetzt fern? Ja, bist du blöd?!?«

»Paßt dir das nicht?«

»Wir wollten doch ins Kino gehen. Hast du das wieder einmal ganz vergessen?«

»Natürlich nicht. DU hast ja soviel Zeit vertandelt durch den dummen Quargel… Jetzt will ich keinen Film mehr sehen, jetzt schau ich mir das Tennis an!«

»Du bist gemein! Und ungerecht! Der Sampras ist ein Trottel ohnegleichen!«

Roh riß die Anna ihrem Liebsten die Fernbedienung aus der Hand und malträtierte deren roten Powerknopf. Wurde der Viktor darauf böse? Nein, denn sein Vater hatte Besseres gelehrt. Gelangweilt gähnte er und blickte auf die Junghans Quartz.

»Ich gehe schlafen! Gute Nacht!«

Der Viktor kroch ins Daunenbett. Den Blutrausch spürte Anna nahen. Sie kühlte ihr erhitztes Blut mit dem Gesang aus der Konserve. Bon Jovi ließ die Wohnungswände auf Richterskala zehn erbeben. Das war das Quentchen, das zuviel für Viktor war. Er schleuderte die Daunendecke durch den Raum.

»Mir reichts. Ich gehe ins Büro, zur Arbeit.«

Worauf die Liebste – ganz nach Weiberart – in heftiges Geheul ausbrach. »Geh nicht, weil heute Sonntag ist! Und der kommt wieder erst in sieben Tagen!«

An Viktor war dies Argument verschwendet. Er knallte hinter sich die Türe zu. Die Anna wünschte die Versöhnung und lief dem Viktor hinterher.

»Duuu, Liebster, bleibe hier. Wir könnten uns noch ein paar schöne Stunden machen...«

»Laß sofort meine Autotüre los!«

»Warum denn nur? Sei nicht so stur... Steig aus, ich streichle deinen Nacken eine volle Stunde.«

»Pfui Teufel, nein, das will ich nicht.«

»Warum denn nicht?«

»Ganz aus Prinzip!«

Da warf sich Anna tief erschüttert vor die Reifen und hinderte mit ihrem Körper seine Flucht. Da sprang der Viktor aus dem Wagen und räumte seine Liebste aus dem Weg. Sein Fuß im Herrenschuh – aus Ziegenleder – traf Anna in die Flanke links. Zart veilchenblau verfärbte sich ihr Unterleib, was gut mit ihrer weißen Haut harmonisierte. Doch wußte sie soviel Ästhetik nicht zu schätzen. Sie schleppte weinend sich ins Haus und kotzte sich ein wenig aus. Und als der Viktor kam – zu später Stunde – da bat sie ihn um etwas Liebe.

So lernte Anna, daß es wohl tat, vor sich hinzusterben.

Der Viktor lernte, daß es Grenzen gibt in jeder Liebe. Und daß die Anna ihm gestattete, diese zeitweise auch zu sprengen.

Noch immer nannten sie es Liebe.

Leider konnten sie nicht allein der Liebe leben. Der Alltag forderte Tribut. Das Leben stellte viele Forderungen und überforderte die beiden. Sie warfen sich die Überforderung in Form von Vorwurf vor die Füße.

»Ich will nicht mit dir vögeln, nein!« schrie Viktor, denn das stärkte seine Macht.

»Das ist nicht neu. Du wolltest gestern nicht und auch die Tage nicht davor.«

»Na und? Ich will nicht, nein, das will ich nicht!«

»Warum? Das sage mir! Oder enthältst du dich der Antwort aus PRINZIP?«

»Ja. Aus Prinzip! Was grinst du denn? Ich habe viele Sorgen, wenig Lust...«

»Ach, du hast Sorgen? Was hab ich? Was weißt denn du von meinem Leben? Glaubst du, es ist gefüllt mit Jux und Tollerei?«

»Das ist nicht mein Problem. Wozu gehst du in Therapie?«

»Du bist ein tiefgekühlter Arsch! Wie wär's, wenn du einmal zu einem Psychiater gingest?«

»Ich??? Nein, ich bin nicht so bedient wie du...«

»Ich bin bedient? Das wird ja immer besser! Du würdest doch am liebsten deine Mutter ficken, nur hast du nicht den Mut dazu!«

»Ich will jetzt schlafen. Halt dein Maul.«

»Ich will jetzt vögeln, aber schnell!«

»Dann vögel dich allein!«

»Ja! Gern! Zuerst jedoch verschwindest du aus diesem Haus!«

»Nein. Denn ich schlafe jetzt.«

»Ich sagte grad: Adieu! zu dir!«

»Ich sagte, daß ich schlafen will!«

»Rrraus! Weg! Avanti! Tschüss! Baba!«

»Gut, ich bin weg! Mich siehst du nie mehr, blöde Kuh.«

Und Viktor packte Hemden, Socken, Unterhosen voll provokanter Ruhe ein. Er gab dadurch der Anna die Gelegenheit zu überdenken, was sie heraufbeschworen hatte. Schon griff die Angst nach ihr, der drohende Verlust des Liebsten.

»Bleib hier...«

»Nein. Geh mir aus dem Weg!«

Und Anna warf sich wieder einmal Viktor vor die Füße. Denn erstens tat das gut, und zweitens hatte sie darin schon Übung.

War dies das Ende dieser Liebe?

Jetzt ging es erst so richtig los!

Denn Viktor sah, daß er der Anna doch gewachsen war.

Und Anna hatte endlich einen Mann gefunden, für den sie täglich sterben konnte. Zerkratzt war das Email, schon sickerte das Blut. Die Liebste war vom Sockel runter, schon lag sie da im Dreck.

Die beiden hatten allen Grund, die große Liebe fortzusetzen.

Das Telefon klingelte. Ich schreckte hoch und brauchte ein paar Sekunden, um mich wieder in meiner Welt zurechtzufinden. Paulas Stimme war voll kalter Empörung. »Verdammt«, sagte sie, »besitzt du nicht einmal so viel Gefühl, zurückzurufen, wenn ich dir eine Nachricht auf Band spreche?«

Mein Blick fiel auf das blinkende rote Licht des Anrufbeantworters. Noch bevor ich ihr erklären konnte, daß ich bis jetzt nicht abgehört hatte, sagte Paula mit einer keinerlei Widerspruch duldenden Härte, daß ich sofort heimfahren solle. Dann war die Verbindung unterbrochen, sie hatte den Hörer aufgelegt. Ich spulte das Band ab. Aber die Nachricht, die sie mir vor gut zwei Stunden hinterlassen hatte, gab auch nichts weiter preis, als die dringliche Forderung, sofort nach Hause zu kommen.

...Sie will sich scheiden lassen. Ich sagte mir diesen Satz mit einer ruhigen, endgültigen Hoffnungslosigkeit. Aber mein Körper schaltete auf Hochleistung. Aus meinem Magen strömte heißer Saft, überspülte mein Herz, flutete in meinen

Hals. Ein ziehender Schmerz zog von meinem Nacken aus über die Hirnschale. Mein Herz schlug hart, laut. Ja, es schlug laut, was ich mit einer von mir losgelösten Verwunderung zur Kenntnis nahm. Selbst, daß meine Hände zitterten, nahm ich mit einem beobachtenden Interesse wahr.

Erst, als ich den Wagen durch den immer noch lebhaften Abendverkehr lenkte, beruhigte ich mich. Meine Angst erschien mir nun unsinnig. Nicht, weil ein Scheidungswunsch Paulas absolut realitätsfern wäre; sondern, weil sie mir solch einen Entschluß nicht auf diese Art mitgeteilt hätte. Meine Körperfunktionen pendelten sich wieder auf den Normalbetrieb ein; übrig blieb das Wissen, welche Furcht ich vor einer Trennung von Paula hatte, wie sehr ich sie liebte. Und wie sehr ich ihrer Zuneigung bedurfte.

Ich warf meinen Mantel achtlos auf einen Sessel im Flur. Paula kam aus dem Wohnzimmer, zog aber sogleich die Türe hinter sich wieder zu und deutete wortlos mit einer Hand in den Wohnraum. Dann verschränkte sie die Arme vor der Brust und lehnte sich an den Türrahmen, während sie mich kalt musterte, als ich meine Schuhe auszog. Sie hielt eine Zigarette, dünner Rauch kräuselte hoch, blieb in der Luft hängen.

Auf dem Sofa im Wohnzimmer saß Margot. Margot, meine Schwester. Meine vernünftige, ältere Schwester. Sie sah dermaßen derangiert aus, daß mir zur Begrüßung nichts anderes als ihr Vorname einfiel.

»Margot«, murmelte ich.

»Arschloch«, preßte Margot zwischen ihren Zähnen hindurch in meine Richtung.

Ich war schockiert. Ich war wirklich schockiert. Weil dieses Wort – ganz abgesehen davon, daß ich nicht wußte, womit ich mir eine solche Begrüßung verdient hatte – nicht zu meiner Schwester paßte. Margot war ein vernünftiges, konservatives, rechtschaffenes, lebenstüchtiges, weibliches Wesen. Die Betonung auf Wesen, nicht auf weiblich. Fünf guterzogene Kinder, ein gepflegter, konservativer Haushalt, ein gutsituierter, knochentrockener Ehegatte, Chirurg. Gesunde Sozialkontakte, Matineen im Musikverein. Lodenmantel und vernünftiges Schuhwerk. Nie überfordert, nie gereizt.

Diese Frau begrüßte mich, ihren Bruder, mit Arschloch. Und preßte das Wort, das sie sicherlich kaum im Wortschatz ihrer Kinder geduldet hätte, voll verhaltenem Haß zwischen ihren Lippen hindurch.

»Arschloch, Arschloch, Arschloch«, kreischte sie plötzlich und ihre Wut, ihr Haß war so gar nicht mehr verhalten. Gleichzeitig wurde ihr ohnehin bereits rot-weißfleckiges Gesicht noch scheckiger, Tränen stürzten aus den verschwollenen Augen. Sie sprang auf, blieb aber hysterisch heulend einen Schritt vor dem Sofa stehen. Zwischen den Tränen quollen Worte und Sätze aus ihrem Mund, durch den ganzen Schleim, der ihr aus den Nasenlöchern rann, war kaum etwas davon verständlich. Ich stand hilflos einige Meter von Margot entfernt, versuchte diesen Wortfetzen einen für mich hinlänglich verständlichen Sinn zu geben. ...Operation,... hörte ich, ...Klaus,... ...totales Schwein,... ...Mutter,... Egoistensau. Margots ganzer Körper bebte: Sie wird zusammenbrechen, dachte ich. Ich warf Paula, die immer noch mit verschränkten Armen am Türrahmen lehnte, nun aber dem Wohnzimmer zugewandt, einen hilfesuchenden Blick zu. Den sie an sich abgleiten ließ, so in etwa, als wolle sie mir zu verstehen geben: Diese Schererei gehört ganz alleine dir, mein Lieber...

Margot kreischte immer lauter. Ich war fasziniert von ihr. Und abgestoßen. Verunsichert. Und hilflos. Alles zugleich. Endlich war der Arzt in mir fähig, aktiv zu werden, einzuschreiten. Denn zweifellos hatte Margot das, was man einen Nervenzusammenbruch nennt. Also ging ich die paar Schritte zu ihr und faßte sie hart an den Schultern. Drückte ihr meine Finger in ihr sonst so vernünftiges Fleisch. Wollte sie durch den körperlichen Druck aus der Hysterie herausreißen. Aber sie kreischte nur noch lauter los, Schleim rann über ihr Kinn, sie spuckte mir mitten ins Gesicht. Dann riß sie ihre Arme hoch und krallte die Fingernägel in meine Oberarme. Ich trat einen Schritt zurück, wischte mir ihren Speichel von den

Wangen. Er riecht säuerlich, abgestanden, konstatierte ich, da traf mich etwas Kaltes an der Stirn. Margot hatte mir ein Glas Wasser, das vor ihr auf dem Couchtisch gestanden hatte, entgegen geschleudert. Das Wasser rann zwischen Hals und Kragen in mein Hemd. Gerade, als ich sie nochmals an mich reißen wollte, um sie zu bändigen, um dieser Hysterie ein Ende zu setzen, klappte sie zusammen. Ließ sich auf den Boden fallen, ein Kleiderbündel, entkräftet vom Ansturm. Sie wimmerte leise vor sich hin.

Ich bückte mich und zog meine Schwester hoch. Setzte sie wie eine leblose Puppe zurück auf das Sofa. Warf noch einen Blick zu Paula, die nur mit der Achsel zuckte. Dann setzte ich mich neben Margot und hielt ihr mein eigenes Taschentuch hin.

»Was ist los? Bitte Margot, sag mir in Ruhe, was passiert ist?«

Margot schneuzte sich. Sie strich ihren soliden, praktischen Rock glatt und faltete ihre Hände im Schoß. Als sie sprach, betrachtete sie die eigenen Hände wie etwas Fremdes, unablässig drehte sie ihren Ehering, das einzige Schmuckstück, das sie trug. Nicht einmal hob sie ihr Gesicht, um meinen Blick zu suchen.

»Nichts ist los. Nur …alles. Ich… es tut mir ja so leid…« Wieder begann sie zu weinen, aber leise, gefaßt. »Ich weiß nicht, warum ich zu dir gekommen bin…«

Dann erzählte sie irgendwas über ihre Bandscheiben, irgendwas über ihren Mann, irgendwas über ihre Kinder. Lauter Probleme. Ich hatte selbst genug. Sie bat um ein Glas Wasser. Paula brachte es ihr.

Sie trank. Dann versuchte sie entschuldigend ihr typisches Margot-Lächeln, Marke: Ist ja alles nur halb so schlimm. Aber sie glaubte nun, sich durch weitere Erklärungen rechtfertigen zu müssen.

»Mir ist alles nur ein wenig zu viel«, lächelte die nun wieder so vernünftige Margot. »…Und dann, dann…

...MUTTER.« Das letzte Wort quetschte sie wieder voll eruptivem Haß aus sich heraus, aber sofort distanzierte sie sich von diesem verbotenem Gefühl, indem sie noch einmal in einem Ton, in dem Ton, mit welchem man über liebe, aber schwierige Kinder spricht, wiederholte: »Mutter...« Ihre Hand fuhr über meinen Handrücken, wie versehentlich, ein verstümmeltes Streicheln. Mit dieser abbittenden Geste entschuldigte sie sich für eine verschlingende Flut voll Aggressionen.

Das war es also. Darum hatte Margot ihren Frust, ihre Angst, ihre Überforderung vor meine Füße gekippt hatte. Mutter. Ich hätte damit rechnen sollen.

Meine Mutter hatte sich ihr ganzes Leben um ihren Mann, meinen Vater gekümmert. Sie fungierte hervorragend als Pufferzone zwischen ihm und der Welt. In dieser Eigenschaft funktionierte sie reibungslos, solange, bis Vater starb. Vor acht Jahren.

Dann drehte Mutter den Spieß um. Innerhalb weniger Wochen wurde aus der altruistisch-aufopfernden Frau eine anspruchsvolle, kapriziöse und egoistische, die sich nun endlich das Recht herauszunehmen gedachte, auch einmal zu ihrem Recht zu kommen. Sie erwartet ab nun das gleiche von Margot und mir, was sie für Vater getan hatte. Lebenslang.

Ich habe nicht mitgespielt. Habe diese Zumutung abgelehnt und mich taub gestellt. Habe versucht, ihre Kapriolen nicht zur Kenntnis zu nehmen und mein Leben gelebt. Dazu stehe ich, auch heute noch. Schon die monatlichen Pflichtbesuche bei ihr waren mir mühsam genug.

Anders aber Margot. Sie hat sich widerstandslos in den von Mutter vorgesehenen Part gefügt; mehr noch: Ich vermute, sie war stolz, diese Funktion auf sich nehmen zu dürfen. Sie brauchte den Glorienschein ihrer aufopfernden Rolle.

...Wie sagte die Kowalski so schön: Es gibt keine ethische Handlung ohne ein egoistisches Motiv.

Nun war Margot ausgelaugt, ausgebrannt, leer. Und warf mir diese Leere als Vorwurf hin. Wollte mein Schuldbekenntnis, um nicht vor den selbstverschuldeten Trümmern ihres Lebens zu stehen.

Nein, diese Verantwortung wollte ich nicht übernehmen. Und ich gebe zu: Ihr affektgeladenes Sich-gehen-lassen, die hysterische Aufgeputschtheit ihrer Gefühle, das maßlose Überschießen ihrer Emotionen stieß mich ab.

Margot war doch ein intelligenter Mensch.

Sie hatte bislang ihr Leben im Griff gehabt. Sie hätte auch diesmal zuerst nachdenken sollen, ein wenig ihre Gefühle ordnen, bevor sie sich zu derartigen Peinlichkeiten hinreißen ließ.

Sie war doch immer ähnlich mir gewesen...

Aber heute hatte sich meine Schwester, meine vernünftige Schwester, hysterischer gebärdet, als es ihr guttat. Ja, von mir aus: Als es mir gut tat.

»Margot...«, setzte ich an, »...Margot: Wenn du willst, gebe ich dir einige Adressen, von den besten Psychologen, die ich kenne. Beginne eine Therapie, es ist das einzig Vernünftige, was du tun kannst. Du brauchst jemanden, mit dem du reden kannst. Der dir hilft, daß du wieder zu dir findest.«

Margot löste ihren Blick von ihren Händen. Sah mich an und aus ihrem Mund drang ein Ton, der wohl einem Lachen ähneln sollte. Der Ton klang einerseits verhärmt, aber vor allem: Er war von eisigem Sarkasmus.

Das Echo des Raumes warf Margots Sarkasmus noch einmal unbarmherzig zu mir zurück.

Aber das Echo war Paula. Sie drehte sich abrupt um und verließ das Zimmer.

Ich wußte, daß ich gegen meine Schwester versagt hatte. Margot war nur kurze Zeit später gegangen, ruhig und besonnen, ganz so, wie sie mir vertraut war. Ihre Gefaßtheit beschämte mich, aber nun war es zu spät. Ich hatte alles versäumt, was ich an ihr versäumen konnte.

Wenig später hatte auch Paula die Wohnung verlassen. »Ich bleibe über Nacht weg«, sagte sie.

Es war das erste Mal, daß Paula über Nacht nicht nach Hause kam. Aber etwas in mir war so abgestumpft, fühlte sich so taub und blutleer und dumpf an, das ich keinen Schmerz mehr spürte.

Ich hätte auch an diesem Tag keinen weiteren ertragen können.

Dann ging ich zu Bett. Nahm Anna Kowalskis Mappe mit. Stellte neben mein Bett ein volles Glas mit Single Malt.

Aber weder der Whiskey noch Annas Text brachten die Wärme in meinen Körper zurück. Die Zerfleischungen von Anna und Viktor, ihr schmerzvolles Suchen nach Liebe warfen mich noch tiefer in das Meer meiner Ausweglosigkeit.

...Oft wurde Viktor rausgeworfen, oft ging er von selbst.

Des Anfangs währten Trennungen nur Stunden. Dann wuchs die Sehnsucht: Nach den starken Reizen der Verletzung. Er oder sie, ganz je nachdem, wer früher seinen Stolz zerbrechen konnte, rief sich beim Anderen zurück in dessen Welt.

So stand dem neuen Kitzel nichts im Wege.

Doch Reize sind von der Beschaffenheit, daß sie der Steigerung bedürfen. Wodurch die Wunden tiefer wurden und länger auch die Trennungen. Die beiden wurden süchtig nach dem Teufelskreis, durch den sie sich so heftig spürten.

Und trotzdem zerrte dieses Spiel an ihren Kräften. Die Körper wußten nicht zu schätzen, was ihre Seelen davon hatten. Sie sahen aus, als ob sie unter Bleichsucht litten.

Was tun? Die Trennung gar für immer? Nein, nie und nimmer. Ja kein Ende voll mit Schrecken, da lieber schon ein Schrecken ohne Ende. Wie kann man künstlich diese Lust der Qual verlängern? Genau! Ein Hoffnungsstrahl am Horizont!

Zum Therapeuten wankten Hauptdarsteller und Geliebte. Zusammen, wie's in diesem Falle propagiert wird.

»Wir kommen jetzt zu Ihnen, weil wir wissen nicht mehr aus noch ein.«

»Aha.«

»Ständig tropft Blut aus tiefen Wunden, das tut weh.«

»Aha.«

»Wir haben uns so lieb, doch immer tun wir bluten.«

»Aha.«

»Wir brauchen Hilfe, sonst verbluten wir.«

»Schreibt alles in ein Tagebuch und kommt in einer Woche wieder.«

Viktor und Anna fuhren heimwärts. Und zankten sich, von wem der blöde Einfall mit dem Therapeuten denn gewesen sei. Jetzt mußten sie den ganzen Mist noch niederschreiben! Sie taten's trotzdem, wo ein Wunsch, da auch ein Wille und gingen nach dem Ablauf einer Woche wieder hin. Und weiter ging die Schnitzeljagd. Das Blut floß unaufhaltsam weiter, der Doktor wollte nicht ihr Pflaster sein.

»Uns reichts! Was kostet Ihre Hilfe, von der wir nichts verspüren können?«

»Rund 34. 000 Schilling sind genug.«

»Das ist nur recht und billig, leider auch sehr teuer. Dann teilen Sie uns wenigstens die Diagnose mit.«

»Ja nun. ...Ihr zwei seid sehr verschieden. Ich glaube, daß Ihr nicht zusammenpaßt. Nur gleich und gleich gesellt sich gern.«

Worauf der Viktor und die Anna die Farbe wechselten, so wie es Ebereschenblätter im Oktober tun. Der Therapeut erkannte seinen Fehler und steckte rasch den Scheck in seinen Safe. »Nehmen Sie doch Ihr Drama nicht so schwer! Denn Gegensätze ziehen sich auch an...«

Viktor und Anna zogen Resümee: »Wir sind ab jetzt geheilt. Es geht uns gut!«

Wenn's zweien gut geht, sollen sie sich sputen und schnellstens treten vor den Traualtar: Damit es für das ganze Leben so gut bleibt.

Dazu bedarf es eines Antrages der Heirat. Wie sagt sich das, wie fragt sich das, nicht drängend und nicht fordernd und nicht so, daß man sich einen Korb von der Herzliebsten holt? Kurz, Viktor fehlte die Courage. Er war kein Mann der Tat, das weiß man schon. Er wartete auf seinen liebsten Freund, den Zufall. Der ließ – gottlob – nicht lange auf sich warten und kam getarnt in der Gestalt des Streits. So wohlvertraut getarnt, daß Viktor gar nicht merkte, wie hold ihm diese Zwietracht war.

»Duuu, Viktor… So geht es nicht weiter… Ich kann nicht mehr! Oft weine ich den ganzen Tag, und manchmal fehlt mir schon die Kraft, um mich zu schneutzen.«

»Geh Anna…, vierzehn Tage ist die Therapie erst her! Der Analytiker hat uns erklärt, wir ziehen uns so an, weil wir recht gegensätzlich sind. Spürst du das nicht, mein süßes Herz?« (Schnarch. Schnarch.)

»Schlaf jetzt nicht ein! Ich möchte mit dir reden. Bitte!«

»Schon wieder?«

»Du bist hart! Und ein Verdränger obendrein… Es gibt Probleme, die uns niederstrecken…«

»Wir haben erst die letzte Nacht bis 4 Uhr 10 damit verbracht. Mir ist ganz schlecht vor Müdigkeit. Gut' Nacht.«

»Nein! So kommst du mir nicht davon! Auch du mußt einen Teil der Bürde tragen! Ich putze stets das Klo allein!«

»Na und? Erst gestern habe ich die Umwälzpumpe repariert…«

»Das hast du schon seit Monaten versprochen. Und außerdem dröhnt sie noch immer dissonant.«

»Ich glaube, du hältst mich für einen Klempner. Gute Nacht!«

Nun sprang die Anna auf voll Zorn und schraubte ihre Stimme ins Falsett:

»Da hast du recht, daß du kein Klempner bist! Du bist ein Trottel, kalt wie Prizzelwasser obendrein! Ich kann nicht mehr, ich trenne mich!«

»Von mir aus. Aber bitte morgen. Ich brauche, wie du weißt, zehn Stunden Schlaf.«

»Raus hier!« flennte die Anna den gewohnten Text.

Der Viktor hielt den Zeitpunkt für gekommen, gelangweilt einen Blick auf seine Uhr zu tun. Die ruhte zu der späten Stunde jedoch bereits auf der Kommode. Viel näher lag die Nagelfeile, sie konnte auch den selben Zweck erfüllen. Er nahm sie, feilte seine Nägel, bedächtig, langsam und ganz lieb und sah dabei der Liebsten beim Geflenne zu und fragte nach geraumer Zeit und blies dabei das abgeraspelt' Horn von seinem kleinen Finger:

»Duuu Anna, glaubst du, daß du schöner wirst durch das Geflenne? Ich glaube nicht, zum Grausen schaust du aus... Wenn ich es recht bedenke, ekelt mich vor dir...«

Die Anna winselte. »Du liebst mich nicht...«

»Da hast du recht«, sprach Viktor und befeilte seine Nägel.

»Ich kann nicht mehr... Ich schneide mir die Adern auf...«

»Ganz wie du willst! Doch bitte vor der Türe. Mir steht der Sinn nicht nach der Putzerei von Blut...«

Da brach die Anna dann zusammen, wie es ihr guttat und dem Viktor auch. Sie würgte und kroch hin zu ihm. Worauf der Viktor Großmut zeigen konnte, weil seine Liebste jetzt verschwindend klein. Er legte ihr die Hand auf ihren Kopf, der heiß war, wie vom Fieber.

»Pscht... Ist ja gut... ...Beruhige dich... Na, na, hör auf zu Weinen...« Er streichelte sie so, wie man es mit den Hunden und den Frauen und den alten Leuten tut. Das zeitigte zwar Resultat, doch Zweifel war gesät und keimte in der Liebsten Brust.

»Du liebst mich nicht mehr. Ist das wahr?«

»Das ist ein Blödsinn. Weißt du das nicht selbst?«

»Beweis es mir!«

»Ja wie denn nur? Es fällt mir leider gar nichts ein...«

Da kroch der Stolz empor in Anna, gleich einer Natter züngelt es aus ihr.

»Wenn du es nicht beweisen kannst, dann geh'!«

Der Viktor schielte auf die Uhr, es war schon wieder drei Uhr früh. Drum rief er jetzt unter dem Druck der späten Stunde:

»Was ist mit dir? Liebst du mich überhaupt?«

»Ja! Ja! Ja! Ja!«

»Gut, so beweis es du – zur Abwechslung – einmal!«

»Ja, wie denn nur?«

»Na eben! Das ist schwer!«

»Sag mir nur wie, und schon beweise ich…!«

»Dann heirate mich doch! …Nicht wahr, das wär das letzte, was du willst…«

Anna war still. (Sie hatte einen unbestimmten Graus vor diesem Schritt.)

Doch einerseits war es schon drei Uhr früh und außerdem galt es zu retten, was zu retten war.

Ja. Sagte sie…

Laut war darauf die Stille. Den Beiden war nicht recht bewußt, wie es soweit hat kommen können. Und wie es sich gehört, begann nun ein Gekose und Geküsse, ein Geschlecke und Gelecke und das dauerte bis 5 Uhr 30 in der Früh.

Anna Kowalski begann sich gehen zu lassen. Sie wirkte passiv, die Nachlässigkeit, mit der sie ihren Körper in der letzten Zeit behandelte, schien von einer umfassenden Mutlosigkeit herzurühren, die ihr die Kraft für jegliches »Auf-sich-aufpassen« nahm. Ihre Locken lagen strähnig an den Kopf geklatscht, das Blond hatte den Glanz verloren. Stärker noch als ihr Haar verriet sie ihr Gesicht. Die Haut war trocken, selbst im diffusen Licht meiner Schreibtischlampe sah ich, daß sie sich schälte, das Gewebe darunter war aufgeschwollen. Die Falten um ihre immer noch schönen Augen fielen mir erst seit den letzten beiden Stunden auf.

Heute trug sie wieder das dunkelblaue Kleid, das ich von unserer ersten Sitzung kannte. Damals hatte sie für mich darin die Stimmung eines teuren Hotels eingefangen. Heute aber war das Kleid nichts weiter als ein paar Meter dunkelblauer Stoff, dem keine weitere Aufgabe zukam, als den Körper einer Frau zu bedecken. Nicht mehr und nicht weniger.

Ich hatte Angst um sie. Ich überlegte, ob ich ihr ein Antidepressivum verschreiben sollte. Dann aber schob ich meine Befürchtungen zur Seite: Der immer wieder aufflackernde Humor in ihrem Text, der ihre trockenen Aufzeichnungen über Viktors und ihr Leben durchzog, hielt mich davon ab; ich empfand die Kowalski als stark genug.

Das war ein Fehler. Ihr Sarkasmus, ihre Ironie, ihre Intelligenz führten mich irre, täuschten mich über die Tiefe, die Dimension ihrer Schmerzen.

Trotzdem wollte ich die heutige Sitzung nicht sofort mit den Aufzeichnungen beginnen. Ein paar Antworten suchte ich, denn zwischenzeitlich war mir das Bild, die Vorstellung entglitten, in welcher Atmosphäre sie Viktors Lebensgeschichte niedergeschrieben hatte. Wenn meine eigentliche Arbeit mit ihr erst nach Beendigung des Textes beginnen würde – für welche wir dann eine satte Basis durch ihre Niederschrift hatten – so mußte ich zumindest jene Anna beleuchten, die Seite um Seite mit diesen manirierten Sätzen gefüllt hatte.

Anna Kowalski war intuitiv genug, um zu spüren, daß ich etwas anderes von ihr erwartete, als die Vorleserin mit der verfremdeten Stimme, die mich zu ihrem Publikum machte. Sie schlug die Mappe nicht auf, begann das Gespräch allerdings mit überraschenden Worten.

»Nun«, sagte sie und schluckte verhungert den Rauch ihrer Zigarette, »...nun sind es ja nicht mehr allzu viele Seiten, die noch übrig bleiben.« Ich sagte nichts. Dann fuhr sie fort und streifte mich dabei mit einem seltsamen Blick. »Ich... ich muß Sie etwas fragen, Dr. Jost.« Pause, gefüllt mit hektischem Rauchen, die Frage schien ihr nicht leicht zu fallen. »Wie gefällt Ihnen der Text?« stieß sie hervor, sah mich dabei aber nicht an.

Text... Nun hatte ich die Definition ihrer und Viktors Geschichte zum ersten Mal aus ihrem Mund gehört. Ich hatte mich also nicht getäuscht in meiner Empfindung. Was sollte ich aber darauf sagen? Noch wußte ich nicht, welche Art der Beurteilung sie meinte. Sie machte es mir nicht schwer.

»Nicht in therapeutischer Hinsicht. Das interessiert mich nicht. Nicht wirklich... Ich meinte damit... Na ja, sagen wir so: in literarischer Hinsicht?«

»Anna, ich bin kein Lektor. Ich habe nichts mit Büchern, mit Literatur zu tun. Ich sage Ihnen ganz ehrlich, daß ich nicht einmal ein Leser bin. Wenn ich lese, dann sind es Fachbücher, Fachzeitschriften. Ich bin nicht die richtige Stelle für so eine Frage... Aber was ich Ihnen antworten kann, ist, daß mich die Art Ihres Textes berührt. Mich streckenweise auch amüsiert. Mich dann wieder für einige Seiten von Ihrem Leid, daß doch hinter all diesen Szenen ständig lauert, distanziert..., was mir als Therapeut zu denken gibt.« Sie winkte ungeduldig ab. Drehte sich nun auf ihrem Sessel so, daß sie mir frontal ins Gesicht sehen konnte.

»Ich weiß, daß Sie nichts mit Büchern, mit Literatur zu tun haben. Aber Ihre Frau...«, setzte sie mit einem triumphierenden Lächeln hinzu. »...In diesem Haus kursieren viele Gerüchte. Man braucht sie, man hat sonst wenig Ablenkung. Es war nicht schwer, an diese Information zu kommen«, erklärte sie.

Paula. Natürlich, Paula wäre durchaus befähigt, diesem Text eine literarische Qualität an- oder abzuerkennen. Gleichzeitig aber wurde mir viel mehr bewußt. Ein weiteres Mosaiksteinchen des Denkens, des Fühlens der Anna Kowalski fügte sich in ihr Bild.

»Sie wollen, daß der Text veröffentlicht wird«, stellte ich fest. Auf nichts anderes konnte ihre Frage hinauslaufen.

»Ja«, sagte sie schlicht.

»Warum, Anna, warum das?«

Sie stand auf, klopfte sich Asche vom Stoff ihres dunkelblauen Kleides. Ging zum Fenster und ihr Blick saugte sich
an der im Spätherbst schutzlos kahlen Linde an. Sie sprach
ihre Worte zu diesem Baum, nicht zu mir.
»Weil alles doch einen Sinn gehabt haben muß. Weil all
das Leid und das, was nun aus diesem Leid für mein weiteres
Leben entstanden ist, nicht einfach so...« Sie weinte. Ihr Körper blieb davon unberührt, vielleicht weinte sie nicht einmal
Tränen, aber Anna Kowalski weinte.
Das sah ich als Erfolg.
Das aber war mein zweiter Fehler.

»Anna, Sie sagten mir ganz zu Beginn unserer Sitzungen, daß
Sie sich nach der Tat ruhig, fast glücklich gefühlt hätten. Wie
war es wirklich? Sieben Monate sind eine sehr lange Zeit...«
»Es war wirklich so, Dr. Jost.« Sie hatte sich wieder ganz in
der Hand. Setzte sich ruhig und gefaßt auf den Platz des
Klienten. Ihre Bewegungen hatten immer noch Würde,
Anmut. »Aber es war nicht all die sieben Monate so. Nein,
natürlich nicht. Ja, die ersten zwei, drei Wochen befand ich
mich in dieser Euphorie, jeder Tag war ein Geschenk für mich,
frei von den Spannungen, den Demütigungen, den Verletzungen, dem Unverständnis zwischen Viktor und mir. Ich blühte
auf. Wie ferngesteuert begann ich mein Leben neu zu organisieren. Von niemandem wollte ich mir diese Freiheit wieder
nehmen lassen. Also richtete ich mir mein Leben mit einer
Leiche im Keller ein. Ich machte das ausgesprochen raffiniert.«
Auch jetzt lächelte sie, als sie daran zurückdachte, ein Tribut
an ihre damalige Raffinesse. »...Das alles lenkte mich ab, ich
lief auf Hochtouren. Meinen Freunden hatte ich erklärt, daß
ich beruflich ins Ausland müsse. Ich präjudizierte sämtliche
Schwierigkeiten, die eintreten könnten und schaltte sie aus.
...Selbst der Putzfrau erzählte ich ein wohlklingendes Mär-
chen, weil ich sie ja nicht behalten konnte, ihre Anwesenheit
wäre mir über kurz oder lang gefährlich geworden. Die paar
Lebensmittel, die ich brauchte, bestellte ich im Web, ich

bezahlte sie mit meiner Kreditkarte. Der Lieferant stellte die Kiste immer hinter das Gartentor und ich holte sie erst ins Haus, wenn er wieder weg war. ...Und was das Geld betraf, das war ja kein Problem: Seit einigen Jahren arbeitete ich nicht mehr als Journalistin. Irgendwann hatte ich begonnen, Fortsetzungsromane zu schreiben. Ich hatte Erfolg damit, alle paar Wochen war einer fertig; ich verdiente nicht wenig damit. Einige hatte ich auf Vorrat in der Schublade. Also fiel nicht einmal dem Verlag auf, daß ich isoliert von dieser Welt mein Leben mit einer Leiche teilte...«

Noch jetzt, wenn sie darüber sprach, war an der Kowalski die aufgepeitschte Euphorie spürbar, die sie damals zusammenhielt. Die der Motor ihrer zweifelsohne gutdurchdachten Bemühungen war. Aber nun veränderte sich der Ausdruck ihres Gesichtes, sie wirkte plötzlich noch matter, als zu Beginn unserer Sitzung.

»Ja, alles funktionierte ausgezeichnet. Ich begann an diesem Text zu schreiben. Wie besessen. Dazwischen las ich. Auch wie besessen. Zuerst Proust: ›Auf der Suche nach der verlorenen Zeit‹. Denn der Titel schien mir maßgeschneidert für all meine Jahre mit Viktor. Danach verschlang ich den ›Mann ohne Eigenschaften‹, ich war wohl noch ein klein wenig aggressiv auf Viktor. Meinen toten Viktor. Ja, und dann, dann landete ich bei einem alten Pathologielehrbuch meines Vaters...

...Der Tod begann mich zu faszinieren. Das, was da unten, in meinem Keller mit Viktor passierte, zog mich immer weiter in seinen Bann. Sie sind Arzt, Sie müssen ja wissen, wovon ich spreche?«

Das war nun wieder ganz die kalte, vom Gefühl abgeschottete Anna, mir war nicht wohl dabei. Ich wußte nicht, was auf mich zukam, aber es war schlimmer, als das, was ich befürchtet hatte. Anna Kowalski blühte auf, als sie weitersprach:

»Dieses Buch tröstete mich. Tatsächlich. Weil... weil nach dem Tod in Wahrheit nichts zu Ende ist. ...Man bleibt im Mittelpunkt eines Geschehens. Das wissen Sie doch, Dr. Jost, oder nicht?« Ihre Augen wirkten fiebrig, glasig war ihr Blick. Sie sprach immer schneller, immer gehetzter.

»Wissen Sie es noch? Ja? Bereits wenige Stunden nach dem Tod fängt es an. Mit der Gärung... Nicht nur der Darminhalt, das Käsebrot vom Vorabend, die letzte Banane, oh nein! Jedes Organ, die Hirnmasse, die Schleimhäute, das glitschige Gewebe der Augäpfel, es verflüssigt sich, zerrinnt, mutiert zu dicken, stinkenden Säften. Und die gären, daß es nur so eine Freude ist... Die Hülle des Körpers ist dann nur mehr eine notdürftiges Gefäß für die faulende Suppe, in die sich ein Mensch schon wenige Stunden nach der Totenstarre zu zersetzen beginnt. Bald kann die Hülle dem Überdruck aber nicht mehr standhalten: Der Leichnam schwillt an. Mund und Augenäpfel, Schwanz und Hoden oder die Schamlippen: Alles vergrößert sich, wird aufgedunsen, prall. Und dann...,« die Kowalski lachte, so wie man über die gelungene Pointe eines Witzes lacht, den man selbst erzählt, im Vorhinein seinen Erfolg ahnend, »ahh. ...Dann reißt sich die stinkende Kloake endlich ihre Dämme: Durch Augenhöhlen, Nasenlöcher, Ohrgänge...« Sie befeuchtete ihre Lippen, spröde, ausgetrocknete Lippen, mit der Zunge und suchte den Faden ihrer wollüstigen Schilderung, den sie kurz verloren hatte. »Wissen Sie zufällig auch, was mit dem Fötus einer Frau passiert, die vor Todeseintritt schwanger war?«

»Ja«, sagte ich widerwillig und versuchte das Bild, das mir Anna Kowalski gleich frei Haus liefern würde, sofort im Ansatz zu unterbinden.

»Richtig! Durch den Überdruck wird er post mortem ausgetrieben! Sogar bei der dafür vorgesehenen Öffnung... Ein Heidenspaß nicht wahr...?« Sie lehnte sich zurück, ganz entspannt, ganz geläutert. »Nun, das belastete mich wenig«, fuhr sie rein sachlich fort. »Was mir mehr zu schaffen machte, war, daß Viktor in meinem Keller gerade den Weg allen Fleisches ging. Und der ist nun einmal mit Gestank verbunden... Mit dem faulenden Gestank der Gärung. ...Wieviel Zeit bleibt uns noch?«

»Rund fünfzehn Minuten«, sagte ich mit einem Blick auf die Uhr.

»Also, wo war ich?« fuhr sie fort, sie war nun wieder gehetzt, so, als ob sie möglichst viel in die verbleibenden Minuten hineinstopfen wollte. »Ja, beim Gestank. Und da, da fing das Problem an. Da war es plötzlich so, als wäre meine Euphorie nichts weiter als ein großer, herrlicher Luftballon gewesen, der durch die Tatsache der vielfältigen Verwesungsgerüche zerplatzt wäre. Und der mich zurückließ, voll Angst wegen... wegen Kolja, meinem Sohn. Da erst wurde mir klar, daß ich ihn nicht bei mir behalten konnte, daß ich ihn woanders unterbringen mußte... Wegen des Gestankes, der natürlich irgendwann einsetzen würde...« Sie sprach nicht weiter, verfiel auf ihrem Sessel, nur mehr ein zu schmaler Körper, der das schwere Gewicht eines Kleides tragen mußte. Ich brachte ihr ein Glas Wasser, das sie hastig in großen, lauten Schlucken hinunterstürzte. Sie sprach weiter, in einer derart übersteigerten aufgesetzten Fröhlichkeit, daß ich ständig an mich halten mußte, um sie nicht zu unterbrechen, um sie nicht mit meiner Stimme, mit meinen Worten zur Ruhe zu zwingen.

»Ja... ja, da wußte ich, daß ich Kolja aus dem Haus haben mußte. An alles hatte ich gedacht, alles hatte ich bedacht..., aber Kolja. Mein Kolja! ...Er ist schön, er ist... Aber er mußte weg, schleunigst. Also begann ich auch noch das zu organisieren. Ich führte endlose Telefonate. Einige Male mußte ich sogar das Haus verlassen. Dann, endlich hatte ich alles geregelt... Kolja flog für ein Jahr in die USA. Ich schickte ihn auf ein sündteures Internat; zumindest seiner Ausbildung würde das zugute kommen. ...Er ist immer noch drüben..., solange ich noch Geld dafür habe...«

»Wollen Sie eine Pause, Anna?« fragte ich. Ich glaube, sie sah mich nicht wirklich, als sie mich anstarrte. Dann wußte sie wieder, wo sie sich befand. »Haben wir denn noch Zeit?« antwortete sie.

»Noch zehn Minuten«, sagte ich und stand auf, um der Kaffeemaschine Leben einzuhauchen. Anna stöhnte auf: Ich befürchtete, daß ihr übel war. Aber sie sagte:

»Nur mehr zehn Minuten..., bitte nicht nur zehn Minuten. Ich habe ihnen ja noch nicht einmal weiter vorgelesen. Es ist wichtig. Vielleicht könnte ich heute länger..., ich weiß ja nicht, wann ihr nächster Klient...«

Ich schraubte die verrosteten Metallteile der Maschine ineinander und schüttelte ablehnend den Kopf. Aber ein Blick auf Anna, auf diese zerstörte Anna, machte mir klar, daß ich sie in diesem Zustand nicht zurückschicken konnte. Ich mußte meinen nächsten Klienten verlegen und führte deshalb vor Anna die notwendigen Telefonate.

Dann tranken wir den Kaffee. Jede Berührung ihrer Lippen mit dem heißen Getränk, selbst der Kontakt ihrer Finger mit dem Filter der Zigarette war für sie nun notwendig: Die Vertrautheit mit den materiellen Konsistenzen holten sie langsam zurück in die Realität. Als sie nun weitersprach, hatte sie sich halbwegs beruhigt; sie war matt, aber entgiftet, wie ein Fieberkranker nach einem heftigen Anfall.

»Erst als Kolja weg war, begann die Tortur. Ich hatte bisher nie gewußt, was Einsamkeit ist. ...Obwohl die Einsamkeit kein beherrschender Zustand war, sie lief einfach mit, war der Untertitel, der rote Faden dieser Monate. Ich glaube nicht, daß ich die absolute Isolation, dieses mich ›Immer-weiter-Wegentfernen‹ von der Außenwelt für mich jemals benannt habe in jener Zeit. Aber es war wie ein Überzug, eine Glasur über mein Leben, ja, über meinen Körper. Von Tag zu Tag wurde er schwerfälliger, mühsamer wurden alle Bewegungen. Manchmal, besonders gegen Ende dieser Monate, blieb ich oft tagelang auf einem Sessel sitzen; wenn mir die Schachtel mit den Zigaretten zu Boden fiel, hatte ich nicht mehr die Kraft, die Energie, sie aufzuheben. ...Aber zu Beginn war es noch nicht so schlimm. Zumindest, solange ich an diesem Text schrieb. Ich schrieb und schrieb. Dazwischen las ich. Und: Ich begann immer mehr zu trinken. Ich bestellte kistenweise

Chardonnay, kaum mehr Lebensmittel. Aber Alkohol sättigt. Und vor allem: Er dämpft den Schmerz.« Anna trank den Rest ihres Kaffees und zündete sich eine Zigarette an. Sie war nun gelassen, abgeklärt, als sie weitersprach. »Das Telefon klingelte nur noch selten. Ich hatte ja allen gesagt, daß ich weg sei. Nur Viktors Mutter... Sie war die einzige, die es – trotzdem ich ihr die gleiche Geschichte wie allen anderen erzählt hatte – immer wieder versuchte. Sie begann mich zu verfolgen, zu quälen. Hilde terrorisierte mich regelrecht mit ihren Anrufen. Immer öfter stand sie sogar vor meinem Haus, ich sah ihr dralles Fleisch in diesen strammsitzenden Kostümen durch das Laub der Bäume in meinem Garten hindurch... Sie war es ja dann auch, die die Polizei auf mich hetzte... ...Nun, aber das war erst viel später. Noch war ja Winter. Ich schrieb und las und dachte wie verrückt nach, über Viktor und über mich und über das, was wir Liebe genannt hatten... Dann kam der Frühling. Ohne jede Vorwarnung wurde es warm. Zu warm für die Jahreszeit, so heißt es doch im Wetterbericht, oder nicht? Meine Angst setzte ein. Die Angst, daß Viktor, da unten in meinem Keller, auftauen würde. Und seine Leiche Gestank freizusetzen begann, den Verwesungsgeruch der Gärung...

...und so war es auch. In den ersten Tagen war es noch nicht so schlimm. Ich riß alle Fenster auf. Ein milder Frühlingswind vertrieb Viktor aus meinem Haus. Aber es wurde immer schlimmer: An einem warmen Tag legten sich die Schwaden seiner Ausdünstungen auf meine Schleimhäute, wenn ich am Morgen erwachte. Es war, als würden sich die Wände meines Hauses mit seinem Geruch vollsaugen. Dabei... dabei habe ich früher nichts so sehr an ihm geliebt, wie seinen Geruch...« Die Kowalski stand auf. Sie begann im Zimmer auf und ab zu gehen. Die Arme hielt sie vor der Brust verschränkt, ein Schutz gegen die Empfindungen, die sie durch ihre Worte wieder heraufbeschwor. Mit einem kleinen, scheuen Blick zu mir fuhr sie fort:

»Der Geruch eines Menschen war für mich immer das Wichtigste. Meine Nase war immer der Gradmesser für meine

Sympathien, ein präzises Instrument meiner Empfindungen. Haut und Haar und Poren. Achselhöhlen. Schweiß. Speichel. Sperma. Der Geruch davon bahnte mir den Weg zu meinen Instinkten, führte mich zu den Menschen, die meinem Leben wichtig wurden. …Und diese Stelle zwischen Haaransatz und Schulterblatt, zwischen Ohrmuschel und Schlüsselbein: Sie ist für mich unverwechselbarer als Handschriften, entlarvender als Stimmen oder Worte. Dorthin, an diese verletzbare Stelle des Halses, an dieses Stück weiche Haut habe ich mich stets verloren: An meine Mutter, meinen Sohn und an Viktor…« Anna setzte sich wieder und hob ihren Blick gegen die Zimmerdecke. So, als würde dieser Flecken vergilbter Wand ihr die Kraft für ihre schmerzhafte Ehrlichkeit geben.

»Nun aber hatte sich Viktors Geruch geändert. Er verströmte diesen ekelhaften Dunst, der sich von Tag zu Tag verstärkte. Ich witterte Viktor in der Früh, wenn ich aufstand, seine Giftschwaden penetrierten mich Stunde um Stunde. Ich wollte mich von seinen Ausdünstungen befreien, von seiner Gegenwart, die mich ohnehin Jahr um Jahr eingeengt hatte. Aber er legte sich wie Pesthauch auf mich, wollte mich aus meinem eigenen Haus vertreiben; ich bekam keine Luft mehr. …Dann aber brach der Flieder auf.« Sie senkte ihren Blick wieder von der Decke, lächelte, sah mir in die Augen.

»Ich sagte, daß ich Viktors Geruch früher liebte. Aber es gab für mich noch einen Duft, dem ich in einem fast schmerzhaften Ausmaß verfallen war: Das war für mich der Duft des Flieders. Der Flieder war es, weshalb ich vor Jahren mein Haus gekauft hatte. Wenn er im Frühling aufblüht und diese schwere Süße verströmt, treibt es mir immer die Tränen in die Augen. …Ich mußte dort leben, wo der Flieder blüht. Weil ich nicht einen einzigen Tag seines Duftes versäumen wollte. Also zog ich in dieses Haus. …Und es war auch der Flieder, der mir nun ein paar Wochen seine aromatische Hilfe anbot, weil er Viktors Geruch betäubte. Aber gleichzeitig…«, Anna beugte sich zu mir, ihre Augen schwammen in grauer Verzweiflung, »aber gleichzeitig ist der Flieder ein verdammter Hurensohn. Ein Sadist. Er verstärkt erbarmungslos die Gefühle. Die unerfüllten Sehnsüchte, die Löcher in die Seele zu ätzen beginnen. Die Ängste, die einen aufzufressen verschen. Und die Erinnerungen. ...Von denen hatte ich ja eine ganze Menge... Der Flieder läßt sich nicht unter Kontrolle bringen. Er blüht, wenn's ihm paßt. Was er damit anrichtet, ist ihm herzlich egal. Und nun half er mir einerseits, denn sein Duft betäubte Viktors Ausdünstungen, aber andererseits...

...übrigens: Viktor hat den Flieder nie geliebt. Seine Gefühle waren so taub, daß der Flieder nur diese Taubheit verstärkte. Vielleicht kann auch die Taubheit schmerzen, denn Viktor verabscheute den Flieder regelrecht. ...Lassen Sie mich für heute aufhören, Dr. Jost. Ich will noch ein wenig weiterlesen, wenn mir noch Zeit bleibt.«

»Lesen Sie«, sagte ich und schob ihr die graue Mappe zu. Nun wußte ich, daß das Manuskript für sie eine reine Erholung war gegen die Untiefen ihrer Gefühle. Aber bevor sie las, sagte sie:

»Aber es war der Flieder, der mir noch zwei Monate der Freiheit schenkte. Erst, als seine Blüten verrostet, sein Geruch für diesen Frühling erloschen war, hatte Viktor gesiegt: Als im Juli die Polizei in mein Haus drang, beherrschte Viktor es bereits. Selbst die Aromaöle, die künstlichen Essenzen – natürlich mit dem Duft des Flieders – konnten nicht mehr an gegen Viktors Vehemenz.«

...Hochzeiten und Begräbnisse: Zum Herzerwärmen. Es wimmelt da vor Tulpen, Rosen, Nelken und Narzissen. Es wimmelt auch vor Anverwandten, die ihrer Wehmut übers eigene Leben nicht mehr Herr sind und die Gelegenheit gern nützen: Das aufgestaute Wasser einmal rauszulassen, sanktioniert. Ein hilfreiches Korsett ist das Gefloskel, man braucht beim Sprechen nicht zu denken und kann genormter Muster sich bedienen.

Es war ein seidenblauer Sommertag, als Viktor seine Anna freite.

Nett war der Tag, auch für die Gäste. Es trafen sich so manche wieder, die nichts mehr sich zu sagen hatten. Die Hilde, immer noch patent, und ihr Geschiedener, der Otto, fanden Gelegenheit, sich ganz dezent zu übersehen. Die Frederike war dabei, der Gerhard, ... Wie stärken solche Feste die Familienbande...

Auch Moritz Waldner war geladen. Er übte heute die Funktion des Trauzeugens der Anna aus. Denn Anna wollte Buße tun für ihr Verlassen seinerzeit. In Zukunft plante sie in Freundschaft zu verkehren. Dem kleinen Kolja würde es bekommen, wenn alle vier vereint am Tisch: Er selbst und Papa und die Mama und auch der Neue von der Mama. Das ist doch ganz vernünftig, oder nicht?

War das ein netter Hochzeitstag!
Es war der letzte, den sie feierten. So nett.
Die folgenden verbrachten sie im Streite.

Nach einem netten Hochzeitstag folgt eine nette Hochzeitsnacht. Der Viktor sprach zu seiner Braut:
»Ich ziehe dich jetzt kräftig durch. Ich glaube, daß das üblich ist.« Die Anna blieb die Antwort nicht lang schuldig:
»Wenn du vom Vögeln redest, statt's zu tun, dann laß es sein.«
So ließen sie die vorgeschriebene Erregung bleiben: Sie wäre fast zu einer unerotischen mutiert.

Nach einer netten Hochzeitsnacht folgt eine nette Hochzeitsreise. Die Tage brachten so viel Nähe, daß Anna schwer daran erkrankte. Ganz siech und leidend schwand sie hin als junge Ehegattin. Und konnte gar nicht sich erholen und derfangen. Erst zwackte es im Darm, daraufhin tröpfelte die Nase, holperdistolper rumpelte das Herz. Wenn das kuriert, schlich böses Kopfweh sich von hinten an. Kurz: Körperlicher Mißstand reihte sich an körperliches Unbehagen.

Warum denn nur, wo sie doch jetzt, verbrieft vom Staat, den Viktor ganz ihr Eigen nennen durfte?

Und wie erging es Viktor in dem ersten Jahr der grünen Ehe? Wie glücklich, wie zufrieden…?

Nun, glücklich war der Viktor nie. Er kannte diesen Zustand nur vom Hörensagen. Zufrieden war er, ja das schon. Er war ja Fatalist. Freilich, der Körperzustand seiner Liebsten war belastend. Doch bot ihm das Gelegenheit, mit gutem Grunde ins Büro zu fliehen, denn Arbeit hat man stets genug.

Im Grunde war das gut für Anna: Der Viktor spendete ihr Freiraum, den füllte sie mit Leiden aus. Nun starb sie täglich voll der Schwermut hin.

Und auch für Viktor war es gut: Er durfte sich voll Fatalismus trösten, daß andere Ehen auch nicht anders sind. Nur manchmal wollte ihn ein Weinen in der Kehle würgen.

Dann stand er auf, wusch sich die Hände und lagerte das komische Gefühl vor einer Trennung von seinen Tränensäcken in den Kopf.

Er wollte seine Ruhe haben. Der Anna aber schwante plötzlich, daß sie zu jung zum Sterben sei. Sie wollte leben und mit Viktor obendrein! Sie drangsalierte ihn derart, daß er die Scheidung schon nach kurzer Zeit erwog.

Den gleichen Schritt erwog auch Anna. Das war kein Leben mehr für sie.

Beide erwogen, beide einten sie sich voller Überzeugung, daß eine Trennung weiterhin unmöglich sei.

Sie sulzten Jahre vor sich hin, es reihte schon das neunte Jahr sich ihrer großen Liebe. Zermürbt die zwei, zerfasert ihre Nerven, zerredet ihre schöne Liebe. Und die Gefühle, die sie einst mit solcher Inbrunst ausgedrückt, auf denen trampelten sie nun herum. Das weiße Bett war längst befleckt. Keiner von beiden konnte sich verzeihen, daß er noch Lust empfand.

Sie trennten sich für Stunden erst, danach für Tage, dann für Wochen. Es half nichts: Wenn der eine ging, so nahm er einen Teil des anderen mit sich.

Verzweiflung schlich den Viktor an. Nicht einmal mehr die Flucht zur Arbeit half. Und ins Kasino ging er auch nicht mehr: Das hielt man psychisch für bedient. Bedient jedoch, das war nicht er, das war die Anna. Er trank viel Beaujolais zu jener Zeit, das galt als nicht bedient und drum tat's jeder. In höchster Not rief er den Moritz Waldner an und schilderte sein Eheleid in schwarzen Tönen.

Das freute Dr. Waldner sehr! Wie schön, daß auch sein Nachfolger unter dem diffizilen Wesen Annas litt. Er lud den Viktor auf ein Bier, sie soffen sich in Eintracht an und planten einen Urlaub miteinander.

Schaum trat der Anna vor den Mund. »Raus aus der Wohnung, es ist aus!«

Der Viktor fühlte sich erstarkt durch Moritz Waldners Schützenhilfe.

»Ich gehe ohnehin. Mir reichts!«

Und weil sie beide solcherart schon tausendmal gelobt, so mußten sie es endlich einmal tun. Viktor erwarb sich eine Garconniere.

Die Anna aber ging zu Boden. Das ahnte Viktor und versicherte sich telefonisch vom knock out. Er blühte auf ob dieser frohen Kunde. Als er gestählt sich fühlte, fast erneuert, trat er Besuch bei Anna an.

»Wie gehts dir, Liebste, seit ich nicht mehr bei dir wohne?«

»Total beschissen«, heulte Anna, weil sie die Kraft nicht zur Verstellung fand.

»Nun, Liebste, mir geht es sehr gut. Von Tag zu Tag geht es mir besser, ach, ist das Leben aber schön!«

Woran man sieht, daß er von Anna noch nicht lassen konnte. Er brauchte ihren Schmerz. Sie bot als Opfer sich noch immer gerne an.

Nach diesem tête-à-tête warf Anna sich mit Leib und Seele in den Dreck. Und blieb drin liegen, zwei, drei Wochen lang. Dann aber stand sie auf und klopfte sich den Staub vom Kleid. »Aus, Schluß und Ende mit den Tränen. Sie bringen nichts als Falten rund ums Aug'. Der Viktor, der soll scheißen gehen!« Gesund war diese Reaktion, nur leider teilte sie die frohe Stimmung dem Viktor telefonisch mit. Sodaß er kurz darauf vor ihrer Wohnungstüre stand.

»Duuu Anna…, ist das wirklich wahr, daß du mich nicht mehr liebst? Willst du denn wirklich, daß ich scheißen geh'?«

»JA!«

»NEIN! Sag das nicht! Denn ich liebe dich!«

»Das kann schon sein… Das ist mir wurst. Ach, ist das Leben wieder schön…!«

Verzweifelt trat der Viktor seinen Heimweg an. Er konnte ohne seine Liebste doch nicht leben…

Das mußte er auch nicht. Kaum hatte Viktor ihr den Rücken zugedreht, lief sie ins Bad, vernebelte Deodorant und hetzte hinter Viktor her.

»Komm Liebster, laß uns doch ein Achtel trinken… Ich liebe dich. Und das ist wahr…«

Glänzend die Augen dieser beiden, feucht ihrer Hände Innenleben. Sie öffneten sich gegenseitig Herz und Lippen und drückten wieder einmal Emotionen wie Furunkel aus. Ein jeder ganz auf seine Weise. Die Anna sprach:

»Du riechst so gut für mich, mein Herz. Ich könnte niemals einen anderen lieben.«

»An dir schätz ich: Soziale Kompetenz«, sprach Viktor fromm. Das war nicht ganz, was Anna hatte hören wollen. Doch besser war es immerhin als nichts.

Sperrstunde war's, die beiden gingen. Betäubt von den Gefühlen und betäubt vom Wein. Lau war der Wind der Sommernacht, er sengte Hitze in der Annas Unterleib und fachte ihre Gier nach Lust. Müde war Viktor von der Sommernacht, erhitzt war er vom Wein, erschöpft von den Gefühlen.

»Duuu, Anna. Gute Nacht. Paß recht gut auf, wenn du

nach Hause gehst, du hast bestimmt zuviel Promille.« Die Lippen bot er ihr zum Abschied an.

»Und das ist alles?« fragte Anna konsterniert.

»Ja, was denn noch?« frug Viktor unbedarft, naiv und voll versteckter Aggression.

»Du willst nicht mit mir vögeln, heute nacht?«

Jetzt rollte Viktor seine Augenäpfel hin und her, wodurch er seine Qualen demonstrierte.

»Schon wieder! ...eben haben wir uns erst versöhnt... Wir haben ja noch Jahre Zeit...«

»Schon wieder?« jaulte Anna, blaß die Stimme. »Zu Ostern war's das letzte Mal!«

»Na eben! ...Pfui, du bist so rossig wie die Stute zur besagten Zeit. Selbst Hündinnen sind fähiger, den Trieb zu zügeln.« Sein Blick schnitt Anna mit Verachtung, er ließ sie stehen, schloß das Haustor mit Bestimmtheit hinter sich.

Die Anna aber stand, statt daß sie heimwärts ging und konnte es nicht fassen. Da kam die Ruhe ihr zur Hilfe. Sie wußte, was für sie zu tun noch blieb.

Sie klingelte an Viktors Glocke. Sie war sehr ruhig, sie hatte keine Eile. Sie hörte seine Schritte, sie vernahm wie er zur Türe kam. Sie grüßte lieb. Sie grüßte leise. Sie bat ihn um Verzeihung für die Störung. Sie sagte nicht, warum sie nochmals kam. Sie sagte, drinnen, erst in deiner Wohnung, sag ich's dir. Sie ging mit ihm hinein. Sie warf den Mantel, den sie trug, zu Boden. Sie wandte sich ihm zu und sprach:

»Soviel zu meiner Kompetenz.« Daraufhin schlug sie alles kurz und klein.

Jetzt war ihr besser.

Sie wußte, daß es recht war, was sie tat.

Es ging ihr plötzlich gut.

Nicht lange.

Sie machte einen Fehler: Denn bevor sie ging, warf sie noch einen letzten Blick zu Viktor hin.

Der Viktor saß.

Der Viktor saß und feilte seine Nägel.

Der Viktor sah zu ihr und sprach: »Wenn du dann fertig bist, so sage es… Ich möchte nämlich schlafen gehen.«

Da sank die Anna auf die Knie. Sie weinte leise, ohne Kraft, denn die war irgendwo unter den Trümmern dieses Zimmers.

»Viktor, sag mir nur einmal noch, daß du mich liebst.«

Da stand der Viktor auf und trat zu ihr und… und trat den Fuß ihr in die Seite voller Kraft. Er hatte soviel Kraft, daß Anna rutschte. Übers Parkett. Ein Meter nur, vielleicht auch zwei. Dort blieb sie liegen. Sie war zäh. Sie hob den Kopf und schaute Viktor an und fragte leise:

»Viktor, sag mir nur einmal noch, daß du mich liebst.«

Da trat der Viktor näher hin zu ihr und… und trat ihr nochmals in die Seite. Die Anna rutschte über das Parkett. Ein Meter nur, vielleicht auch zwei. Der Raum war groß genug, zumindest groß genug fürs Rutschen von der Anna.

Dann blieb sie liegen. Sie war zäh. Sie hob den Kopf und schaute Viktor an und fragte leise, doch mit Kraft, denn irgendwie schien immer neue sie zu finden:

»Viktor, ich frage dich ein letztes Mal, ob du mich liebst?«

Da trat der Viktor näher, trat zu ihr und beugte sich hinunter… und… und hob den Kopf der Anna in die Höhe, sehr nah an seine Lippen, nah genug zum Kusse… und schlug den Kopf ihr drauf zu Boden, Ganz fest und noch einmal und noch einmal.

Lang blieb die Anna liegen.

Dann aber stand sie auf. Sie säuberte das Zimmer, bis daß es reiner war, als wie zuvor. Darauf trat sie zu Viktor hin und strich ihm sanft über das Haar. Denn Viktor weinte und die Anna wußte: Er braucht Trost.

Rossig war Anna nicht mehr länger. Dazu bedarf es Lebensfreude. Die hatte Viktor längst geraubt. Störrisch war nicht mehr länger Annas Blick, hochfahrend auch nicht mehr ihr

Wesen. Dazu bedarf es Achtung vor dem Selbst. Sie war nur mehr ein Schatten von der Frau von einst.

Das war der Tag, nach dem es Viktor lüstete seit Jahren. Im Aufwind trieb sich seine Seele ungeahnten Höhen zu, je tiefer Anna drin im Dreck versank. Vorbei das Strahlen ihrer Augen, verflossen Kraft, die ihrem Wesen zugehörig war.

Nun, wo die Sinnlichkeit der Anna weggeschmolzen war, wie Schnee in warmer Frühlingssonne, nun war sie nicht mehr Druck, nicht mehr Gefahr.

»Duuu Anna, du bist etwas lustlos in der letzten Zeit. Das nervt. Ich möchte nämlich gar zu gerne vögeln...«

»Nein Viktor, bitte laß. Ich bin nur müde.«

»Müde? Ich finde eher, du bist reizlos und verkrampft. Sei still, dann ist es schnell vorbei.«

»Ich möchte die Scheidung«, sagte Paula. So gelassen und nahezu freundlich sagte sie es, daß ich zuerst den Sinn ihrer Worte nicht begriff. Nicht erfaßte, während ich an diesem Abend – es war der Abend nach der Stunde mit der Kowalski, nach der Stunde, in der sie mir vom Duft des Flieders erzählt hatte – gerade müde und erschöpft meinen Mantel auszog, die Schuhbänder meiner Schuhe löste, meinen Mantel an den Haken der Garderobe im Flur unserer Wohnung hängte. »Ja«, sagte ich zuerst, wahrscheinlich war meine Stimme bei dieser Antwort ebenso ruhig, so gelassen, nahezu freundlich wie Paulas Stimme. Dann drang mir die Bedeutung, ihr Sinn in mein Bewußtsein.

Ich drehte mich langsam um. Sah meine Frau – noch meine Frau – die auf einem der Stühle in unserem Vorraum saß; nahm sie wahr, ihr dunkles Haar, ihre Hände, ihre Augen, die mich ansahen.

»Nein«, sagte ich. Noch immer sehr ruhig.

»Doch«, sagte Paula.

»Warum?« fragte ich leise und zählte konzentriert die Beine einer Fliege, die der Sommer, der längst vergangene Sommer überleben hatte lassen. Ein geschenktes, verlängertes Leben, nichts weiter, als eine Laune der Natur.

»Dafür gibt es keine Erklärungen«, sagte Paula.

Was dann geschah, ich weiß es nicht. Vielleicht spaltete ich mich, vielleicht stand ich tatsächlich neben mir, vielleicht war es aber auch der Kern meines Wesens, das *Ich*, das ich bin, unter all der Vernunft, dem Denken, dem Schutz der Ratio. Was auch immer in diesem Moment mit mir geschah, es ermordete schlagartig das, was man in meinem Beruf als *Überich* bezeichnet; jenen Kontrollfaktor, der einen von der anderen Seite trennt, das Seil, das einen absichert gegen einen Absturz in die Untiefen der Gefühle.

Dabei will ich es belassen, ich sage nur: Das Seil, das eiserne Seil, es riß.

Dann brüllte ich. Je lauter ich brüllte, desto mehr verfiel ich der Macht meiner Stimme; mich hörte ich, sonst nahm ich nichts mehr wahr. Ich erbrach mich in Sätzen, aber ihren Sinn, den weiß ich nicht mehr. Nur eines weiß ich noch mit Sicherheit: Ich schrie, schrie Paula an, schrie auf sie ein, schrie sie nieder. Schrie ihr die Frage ins Gesicht, ob es wegen Theo sei…

Was antwortete Paula darauf? Auch davon habe ich keine Ahnung mehr. Ja, sie gab eine Antwort. Zumindest in der Erinnerung scheint es mir so. Aber ab der Sekunde, ab irgendeiner Sekunde nach Paulas Mitteilung setzte mein Denken aus, somit auch meine bewußte Erinnerung. Nur mehr mein Körper, meine Muskeln, mein Fleisch agierten, regierten, reagierten.

Dann schlug ich zu. Ich schlug sie. Ein Bild in mir von diesem Abend: Ich, der Paulas Arme hinter ihrem Rücken wie in einen Schraubstock zusammengepreßt hielt, mit der anderen Hand drosch ich wahllos auf sie ein.

Es war die erste körperliche Berührung seit Wochen.

Dann aber begann Paula …zurückzuschlagen.

Wir prügelten uns. Lange, so scheint es mir heute, aber je heftiger unser Kampf wurde, umso wortloser trugen wir ihn aus. Droschen uns sprachlos, schlugen aufeinander ein, nun nicht mehr wählend zwischen Körperzonen, die verletzbar oder unverletzbar waren. Stumm. Vollkommen losgelöst von Verboten und Grundsätzen, von Vernunft und den – ach, so gesunden – Richtlinien, Maximen, Vorschriften, wie Menschen miteinander umzugehen hätten. Verkeilten uns ineinander, zwischen uns nur mehr das Geräusch der Schläge, der wahllosen Hiebe. Wir steigerten die Pantomime unserer Ohnmacht, übertrumpften uns gegenseitig durch die reinste und archaischste Art, Rache zu nehmen für die Verletzungen, die wir uns auf einer so anderen Ebene zugefügt hatten: Aug' um Auge, Zahn um Zahn. Paula, meine Paula wuchs in der martialischen Stärke ihres Körpers, berauschte sich an ihrer Kraft, blieb mir nichts schuldig. Wir tilgten unsere Wunden durch Schläge, prügelten uns den Haß aus den Körpern, glätteten den verletzten Stolz durch saubere, ehrliche Gewalt. Durch diese so verpönte Gewalt, die doch eigentlich eine tiefverwurzelte Angst loslösen sollte; denn Staatsgesetze und Religionen hatten es sich seit Jahrhunderten zur Aufgabe gemacht, das Bedürfnis des Vernichtens, was einem selbst zu vernichten droht, sofort im Keime einer Ethik zu ersticken. Und wenn dich einer auf die linke Wange schlägt, so halte ihm auch noch die rechte hin...

Gefährliche Surrogate waren uns als Tauschgeschäft für den direkten Kampf schmackhaft gemacht worden: Die Verlockung der Arroganz, die in der Sentenz schlummert, daß selbst der Feind zu lieben sei.

In dieser Nacht erschlug ich gleichsam einen Teil meines Fundamentes... Meinen so felsenfest ruhenden Glauben an den Grundsatz, das Credo der Psychotherapie: Die Allmacht des Wortes, die Überlegenheit des Geistes, die Wirksamkeit des Gespräches und die allumfassende Heilung durch Denken, Analysieren, Rationalisieren. Kurz, an die Verständigung, Versöhnung und Aussöhnung durch das Hörbarmachen des Gedankens. Welch fruchtloses Unterfangen gegen den Schmerz geschlagener Wunden...

Dann, irgendwann ein Stöhnen von Paula. Es war kein Laut der körperlichen Schmerzen. Eher ein heftiges Keuchen, das nichts anderes bezeugte, als daß sie alle Energien verausgabt hatte, daß sie keine weiteren mehr mobilisieren konnte, um diesen Kampf weiter auszutragen. Noch einmal schäumten Reste unserer heißen Wut, des brodelnden Zornes in uns hoch und beide begannen wir, wie auf ein stummes Kommando hin, die Schläge wieder mit unserem Kampfgeschrei zu begleiten. So, als müßten die furchterregenden Laute unserer Körper die Kraft wettmachen, die wir im unmittelbaren Kampf verausgabt hatten. Aber instinktiv schützte ich Paula, die körperlich Schwächere; was nichts anderes beweist, als daß auch die Natur ihre Schutzmechanismen zur Verfügung stellt; daß nicht der formulierte Gedanke, das Gesetz, der Kodex eines Glaubens allein den Schwächeren schont. Paula spürte die nachlassende Heftigkeit meiner Schläge und ließ sich zu Boden fallen. Sie krallte sich in einem letzten Aufbäumen an mich, ich stolperte zu ihr nieder. So lagen wir, noch einige Zeit keuchend, heiß, verzehrt, geschlagen.

Wir blieben lange dort liegen, in dieser Nacht. Irgendwann schob sie ein Bein zwischen die meinen. Sie weinte nicht, ich auch nicht. Vielleicht weil es dafür keinen Grund mehr gab; vielleicht aber, weil wir keine Reserven mehr für die Kraft, die das Weinen verschleißt, übrig hatten.

Unsere Körper hielten sich bis zum nächsten Morgen. Kann sein, daß wir dazwischen kurz einschliefen. Gegen Morgengrauen holte ich eine Decke, ich legte sie über ihren Körper, dann rollte ich mich wieder neben sie. Und irgendwann schlief auch mein Arm ein, wurde taub, kribbelte unbarmherzig, denn er lag seit Stunden unter Paulas heißem Kopf. Aber ich ließ ihn dort. Es war so wenig, wenn dieser Arm abstarb, sowenig im Vergleich zu meiner Liebe für Paula.

Als das ausgelaugte Morgenlicht durch das Fenster der Diele drang, streifte mich ein Gedanke: Daß ich bisher nie

verstanden hatte, daß ein Mann eine Frau schlagen konnte.
...Noch gestern, als die Kowalski mir die Szene zwischen
Viktor und ihr vorgelesen hatte... Es war erst ein paar Stun-
den her...

Der nächste Termin mit Anna Kowalski war an einem
Spätnachmittag, Mitte November. Es waren nur mehr wenige
Blätter in der Mappe, die sie mir nicht vorgelesen hatte, ein
dünner Stapel im Vergleich zum Rest des Manuskriptes. Acht
Tage waren vergangen, seit der letzten Sitzung mit ihr, seit
der Sitzung, in der sie mir vom Duft des Flieders erzählt hatte;
seit der Nacht, in der ich mich mit Paula stumm und unter
Einsatz aller Kräfte geprügelt hatte.

Wie stets vor einer Stunde mit Anna kämpfte ich mit der
Kaffeemaschine; wie immer stellte ich eine volle Tasse an ihren Platz. Es war bereits dunkel an diesem Novembernach-
mittag, die verkrüppelte, entlaubte Linde vor dem Fenster
wurde nur von den gelblichen Scheinwerfern im Hof beleuch-
tet. Um diese Jahreszeit, in diesem Licht hätte sie auch ein
durchaus gesunder Baum sein können.

Ich wartete. Öffnete nicht die graue Mappe. Trank meinen
Kaffee. Ich freute mich auf Anna. Zwei Monate hatten wir
noch Zeit, dann mußte ich das Gutachten über ihren psychischen Zustand erstellen.

Dann klingelte das Telefon. Ich nahm ab. Sagte ja, sagte
nein. Malte kleine Aufrisse von Quadern auf meinen Notizblock. Ich sagte nochmals ja. Das gelbe Licht im Hof flackerte, wahrscheinlich irgendwelche Stromschwankungen. Nein,
sagte ich. Eine Türe schlug zu, draußen auf dem Korridor
hörte ich Schritte, die an meiner Tür vorbeigingen. Ja, sagte
ich, danke; auf Wiedersehen. Einer der Quader war mißlun-
gen, das störte mich. Ich legte den Hörer sehr langsam wieder
zurück auf die Gabel.

Wieder flackerte das Licht der Scheinwerfer. Ich stand auf.
Bald, dachte ich, bald ist Weihnachten. Dann nahm ich die

Kaffeetasse von Annas Platz. Schüttete die lauwarme Brühe in den Ausguß des Waschbeckens. Ein dünner, kraftloser Kaffeewirbel versickerte in den Ausguß. Anna Kowalski würde heute keinen Kaffee trinken.

Nie mehr würde Anna Kowalski Kaffee trinken. Denn Anna Kowalski war tot.

Sie hatte sich in der Nacht von gestern auf heute in ihrer Zelle erhängt. Erhängt an dem dunkelblauen Gürtel dieses Kleides, in dem ich sie für immer vor mir sehen werde.

Lange saß ich und tat nichts. Nein, das ist nicht die Wahrheit. Ich ordnete meinen Schreibtisch. Den Zettel mit den fast perfekten Quadern riß ich vom Block, zerknüllte ihn und warf ihn in den Abfallkübel. Zwei Bleistifte, die Schere – wozu besitze ich eine Schere? – vier Büroklammern, ein Radiergummi. Früher rochen Radiergummi gut für mich, dieser hier… Noch einmal wurde das gelbe Licht im Hof schwächer, sammelte wieder Kraft, legte sich schützend um die kahlen Äste der Linde. Meinen Notizblock legte ich in einen exakten rechten Winkel neben meinen Terminkalender. Präzise daneben den Radiergummi.

Dann erst nahm ich die letzten Blätter aus der grauen Mappe.

…Auch so vergeht die Zeit, auch so zieht der Advent ins Land. Die Anna wußte wieder einmal nicht, ob man am Weihnachtstag vereint das Jesukind begrüßen würde. Sie hatte selbst nur einen Wunsch: Ins Bett zu kriechen, Trost im süßen Schlummer Valiums zu finden. Doch wollte sie dem Sohne nicht das Bild der glücklichen Familie zerstören. Darum ergab sie sich dem Schicksal und rief recht unterwürfig Viktor an.

»Kommst du zu uns zum Weihnachtsfest? Ich würde gern für dich die Gans tranchieren…«

»Wenn's sein muß, komme ich.«

»Na, du bist wieder gnadenvoll... Sag, könntest du den Wein besorgen?«

»Mach das allein. Für solchen Unsinn habe ich nicht Zeit. Ich komme pünktlich um halb acht. Das ist es doch, worauf du Wert legst?«

»Genau! Sonst wird die Weihnachtsgans zum zähen Vogel.« Die Anna schluckte ihren Haß und wartete noch schweigend in das Telefon. Erwartete Entschuldigung von Viktor für die Grobheit. Doch dieser hörte sich genüßlich nur ihr Warten an. Nach fünf Minuten füllte Anna die digitale Stille dann mit Schluchzen an. Das war zuviel für ihren Gatten.

»Was heulst du denn schon wieder? ...Wenn du dich nicht beherrschen kannst, dann zelebrier' dein Weihnachtsfest allein!«

»Nein!« wimmerte die Liebste auf. Der Kolja schoß ihr durch den Kopf, auch daß Verzehr von Weihnachtsgänsen zu dritt viel heimeliger sei.

»Na eben! Immer Hysterie! Davon erwächst mir Magenweh. Ich spür's schon wieder, au, au, au. Drum gute Nacht! Und ruf mich heute nicht mehr an, ich will jetzt meine Ruhe haben... du hast mich wieder einmal sinnlos angestrengt!«

Die Vorfreude ließ Annas Wangen glänzen. Wann klingen schon die Glocken süßer als zur Weihnachtszeit? Und Hoffnung keimt nicht nur im Mai: Vielleicht würde es doch ein Fest der Liebe werden? Sie wusch, wie es die Tradition erfordert, die Böden, Vorhänge und auch ihr Haar. Polierte Messing, Silber, Holz und ihre Nägel und stopfte eigenhändig eine Gans mit Speck, Maroni, Trüffeln aus. Und goß sich drei Glas Whiskey hinter ihre Binde, bereits vor 18 Uhr, damit die Stimmungslage moderat gedämpft, gewissermaßen auch euphorisch. Und sang mit ihrem Söhnlein falsch, dafür recht laut, die alten, schönen Weisen von dem Schnee, der rieselt und vom Christkind, das vom Himmel stürzt.

Und stürzte selbst in einen tiefen See der Depression.

Denn es war 8 Uhr 20 und kein Viktor da.

Und goß der Weihnachtsgans eins über's braune Leder. Damit sie noch genießbar sei für Viktors so verwöhnten Gaumen.

Und brannte sich dabei ein Brandloch in die Handhaut, oberseitig.

Und blickte auf die Uhr und sang verzweifelt weiter. Dem Söhnlein sollte nicht der Freudentag verdorben sein.

Das Söhnlein aber wollte nicht mehr weitersingen. Es wollte zur Bescherung schreiten. Denn es war immerhin schon 9 Uhr 12.

Das Söhnlein riß voll Ungeduld das Backrohr auf und schrie die Wahrheit ungeschönt durchs Zimmer: »Pfui Teufel, stinkt das schwarzverkohlte Vieh!«

Anna skandierte schrill »Vom Himmel hoch, da komm ich her« und hieb dem Söhnlein zornig ins Gesicht. Sogleich bereute sie die rohe Tat und strafte sich mit einem Ausschlag. Umflort hat der in Windeseile wie Krätze ihren Rosenmund.

Das Dissonant-Gekreisch aus Söhnleins Schmerz und Weihnachtsweise wurde vom Tütgong jäh zerfetzt.

»Ich hoffe sehr, ich bin nicht allzu spät. Der Weihnachtsmann hat den Verkehr verstopft...«

Die Anna würgte um des lieben Friedens Willen den galligen Geschmack von Speie runter in den Hals.

Und man bescherte sich die Gaben, die aus dem dunklen Herzen kamen, im Talmiglanze goldgefärbter Honigkerzen.

Für das Geschenk bedankte sich die Anna. Ein Seidenschal ist immer schön. Es war der elfte schöne Seidenschal zum elften Weihnachtsfest, seit sie sich kannten.

Die Anna haßte Schals, auch wenn sie schön: Der Viktor wußte das sehr gut.

Sie flüchtete zum Bratrohr und preßte ihre Hand auf dessen Eisenrost. Die Haut der Hand verklebte fest sich mit den Gitterstangen. Der Schmerz tat gut, er war real und hatte einen Namen. Mit einem Abwaschlappen tarnte sie die Blasenpracht und nahm danach die Pfanne mit dem Kohlentier heraus.

Der negroide Braten beizte in der Nase. Der Viktor frug: »Was soll das sein?«

Die Anna sparte mit der Antwort und ging statt dessen wieder in die Küche. Denn die Geflügelschere fehlte noch. Das kalte Eisen dieses Utensils kühlte das brandgefärbte Muster ihrer linken Hand. Da wurde ihr ganz leicht zumute, so wie es sich gehört, in einer Weihnachtsnacht. Sie lachte unvermutet auf, es war das Lachen, das ihr einstens zugehörig war. Das brachte Viktor aus der Fassung. So wollte er die Anna nicht, so hatte er sie nicht mehr in Gewalt.

»Laß es dir schmecken«, lachte Anna und lachte Tränen auf ihr schwarzes Fleisch.

Man aß. Auch wenn man nur so tat. Als ob.

Nur Anna aß nicht. Denn sie lachte. War es das Lachen, das ihr einst so zugehörig war?

Das Söhnlein und der Viktor servierten nach dem Essen verwirrt und dadurch dienstbeflissen die Reste dieser Mahlzeit ab.

Die Anna lachte immer noch.

Das Söhnlein trug sich in Erwartung. Es fehlte noch die Weihnachtstorte mit Cointreaulikör und Marzipan.

»Nein«, sagte Anna, »Noch ist es zu früh... Kolja, du gehst jetzt in den Garten raus und wirst...« (hier schoß vor lauter Lachen Lauge aus den Augen Annas) »... und wirst dort einen hübschen Schneemann bauen.«

»Geh Mama, es liegt doch kein Schnee!«

»Ich sage dir: Geh' einen Schneemann bauen!«

»Nein Mama, nein! Es ist schon mitten in der Nacht. Bald wird es Zeit zur Weihnachtsmette sein.«

»Ich sage es ein letztes Mal: Du gehst hinaus und baust da draußen einen Schneemann. Ob Schnee liegt oder nicht, IST MIR EGAL.« Darauf brach sie erneut in Lachen aus und wieder stürzten Tränen aus den Augen.

Das Söhnlein floh. Nur weg von diesem Tisch. Von dieser Frau, die nicht mehr seine Mutter schien.

Nachdem Kolja weg war, stand ich auf und ging zu Dir. Ich strich Dir so sanft über Dein Haar, Viktor. Ich legte meine Hand so sanft auf Deinen Hals. An diese weiche Stelle Deines Halses, zwischen Haaransatz und Schulterblatt, zwischen Ohrmuschel und Schlüsselbein. Ich sah, wie sich Dein Blick unter meiner Zärtlichkeit duckte. Zu unverdient erschien sie Dir. Nicht wahr, Viktor? In meiner verbrannten Hand spürte ich Deinen Herzschlag, spürte Deine Haut, wie sie sich hob und senkte unter diesem pulsierenden Schlagen.

Ich hob ganz sanft Dein Kinn, Viktor, und bannte Deinen Blick in meinen Augen. Und ließ die Seele unter dem Dunkel Deiner Pupillen nicht mehr los. Kein Lachen war mehr in mir, als ich Dich hochzog. Da standest Du vor mir, so nah, daß ich den Atem von Dir trank. Und legte links und rechts an Deinen weichen, lieben Hals, der so gut roch, einst Viktor, lang ist's her... Und legte links und rechts an Deinen weichen Hals, dort zwischen dem Kragen Deines Hemdes und Deinem Haar, dorthin legte ich meine Hände.

...Wie unsicher machte Dich meine unverdiente Zärtlichkeit... So hart waren die Muskeln Deines Nackens, verspannt vor mir, mir, Deinem fremden Tier. Ich blieb sehr lang so stehen, Viktor, weißt Du noch? So lang, bis Deine Muskeln weicher wurden, Dein Körper früher noch als Du den Schimmer einer Hoffnung schöpfte.

Und während ich ein letztes Mal den Atem trank, den Atem Deines Mundes, in dem ich oft ertrunken bin, schlug ich Dir meine Zähne in den Hals.

Der so gut roch für mich, lang ist es her.

Blut sprudelte in meinen Mund. Und Deine Augen, dunkel nun und unendlich verwundet, sie blieben tief im Bannkreis meines Blicks. Du hast Dich nicht gewehrt, bist stumm geblieben.

Ich half Dir beim Verbluten durch das Streicheln meiner Hand. Ich trank Dein Blut und auch die Neige Deines Atems, und ließ Dich sanft zu Boden gleiten, als es die Zeit war, für Dich fortzugehen. Ein letztes Flackern noch des Lebens, ein

Bäumen, das durch Deinen Körper fuhr, ein letzter, wunder Blick für mich.
Voll Liebe, Haß und Nicht-verstehen-können.

Kolja kam in dieser Nacht erst spät ins Haus zurück. Er glaubte, Du seiest nach einem Streit nach Hause gefahren. Sauber waren die Dielenbretter, ich trug ein frisches Kleid und hatte mir das Blut von meinem Mund gewaschen. Die Reste der Gans waren im Müllsack, der Müllsack war verknotet. Für Kolja hatte ich Kakao gekocht. Es war ruhig und friedlich, als wir ihn tranken. Dazu aßen wir die Weihnachtstorte. Deinen Schal, Viktor, trug ich dabei um meinen Hals. Obwohl ich Schals nicht leiden kann.

Seitdem liegst Du bei mir in meinem Keller. Der Flieder ist schon längst verblüht. Und täglich stelle ich Krüge, Schüsseln, Teller auf und fülle sie mit der Essenz des Flieders.

Doch Du bist stärker, Liebster. Warst es immer schon.
Ich löschte das Licht meiner Schreibtischlampe. Legte die graue Mappe wiederum in einen exakten rechteckigen Winkel neben den Radiergummi. Zog meinen Mantel an, richtete sorgsam den Kragen. Handschuhe mußte ich morgen einstecken, ja, und vielleicht sollte ich mir eine neue Kaffeemaschine kaufen, vielleicht... ...das Deckenlicht abdrehen... Im Stiegenhaus des Untersuchungsgefängnisses roch es kraftlos nach Gemüsesuppe. Freundlich grüßte ich beim Verlassen des Untersuchungsgefängnisses den Portier. Für ihn war es ein Tag wie jeder andere.

Der erste Schnee fiel. Eine dünne, verletzbare weiße Schicht lag auf den Gehwegen. Der Weg zum Blumenkiosk war rutschig, noch trug ich die Schuhe mit den dünnen Sommersohlen.
Der Türke steigerte sich in die Dramatik seiner überschwenglichen Begrüßung. Er hofierte mich, den schon verlu-

stig geglaubten Kunden. Dabei waren es doch nur wenige Wochen, seit ich nichts mehr bei ihm gekauft hatte. Diesmal war mir die Wahl nicht schwer... Diesmal fiel mir kein Wechselgeld zu Boden.

Ich ging vorsichtig zu meinem Auto. In der Hand hielt ich die Blumen; das Seidenpapier, in welches sie verpackt waren, saugte die Schneeflocken. ...Flieder war es, es war nur ein Strauß Sommerflieder. Mag sein, daß er gezüchtet war...

Aber ich wußte, daß ich für Paula die richtige Wahl getroffen hatte.

Nadja Niedermair

gründete in Wien das »Kabarett Niedermair«,
schrieb den Roman »Du bist so herrlich skrupellos, Bianca!«

publication PN°1
Bibliothek der Provinz

Verlag für Literatur, Kunst und Musikalien